D1525041

LA VENGANZA DE JUAN PLANCHARD

NOVELA

POR

JONATHAN JAKUBOWICZ

Primera edición: Julio 2020

Epicentral Studios

Diseño de portada: Claudine Jakubowicz

Nadie se hace responsable por los juicios emitidos por el autor. Ni siquiera el autor.

INDICE

IDENTIFÍQUESE

Mi nombre es Juan Planchard, tengo treinta y tres años y ni un puto dólar en mi cuenta. Estoy recluido en una cárcel de máxima seguridad en California. Mi padre y mi madre fueron asesinados por culpa mía. La mujer de mi vida me engañó desde el día en que la conocí. Comparto celda con un negro de dos metros que todos los días me pide que le dé el culo. Y estoy convencido de que todas las decisiones que tomé durante la revolución bolivariana fueron equivocadas y serán condenadas por mi descendencia.

En teoría mañana me liberan, y digo en teoría porque ya no sé ni qué pensar. Me metieron en este hueco cuando El Comandante era Presidente de Venezuela, hace seis años. Y la verdad, de todos los carajos con los que tuve el placer de interactuar en la revolución, nunca se me hubiese ocurrido Nicolás Maduro como sucesor del tipo. Pero así quedó la vaina, inexplicablemente, Maduro gobierna a Venezuela. Tengo un cuento burda de loco con él que a lo mejor revelo más adelante, si se portan bien.

Lo cierto es que la Goldigger me invitó a unirme a la CIA hace media década. Me dijo que me sacaba esa misma noche y me ha venido cotorreando con posibles fechas de salida de prisión desde entonces. Al parecer por fin la vaina se concretó y salgo mañana. No le he dicho nada al negro porque fijo me mete la paloma a la fuerza como despedida.

Un detalle, antes de que se me olvide: Si comenzaste este libro, sin haber leído "Las Aventuras de Juan Planchard", haz una pausa y léetelo primero. Incluso si te lo has leído, lo ideal sería que te lo vuelvas a leer pues somos una nación de corta memoria. Si estás pelando bola y no te dan los reales para comprar los dos, o si este lo conseguiste pirateado y el otro no aparece, no te quejes si no entiendes nada. Ya no soy el de antes. Ahora ando arrecho y no estoy para explicar un coño.

OPOSICIÓN REVOLUCIONARIA

La Goldigger llegó perfumada y con una sonrisa. La vaina era en serio. El imperio me tendía la mano y más nunca lo podría olvidar.

—Creían que podíamos sin ti –dijo–, pero media oposición se unió a la revolución y se nos jodió la vaina.

—Me vas a tener que explicar más despacio –repliqué–. No tengo ni idea de lo que ha pasado.

No era coba, es demasiado jodido seguir las noticias en cautiverio. De vaina me enteré que las elecciones gringas las había ganado Donald Trump, y fue por que nadie en el penal de San Quentin se podía creer la vaina. Yo sí me lo creía, de hecho, me parecía lógico. Trump era la versión blanca del Comandante. Para nosotros un caudillo militar era Bolívar reencarnado, para los gringos Trump era el sueño americano. Sin duda se iba a montar una guisadera nivel imperial y ese era un prospecto interesante. Pero lo que más me gustaba era que durante nuestro noviazgo, Scarlet había mencionado que conocía a Donald Trump. Yo de guevón asumí que ella lo conocía por ser parte de la oligarquía gringa, pero con el tiempo entendí que lo más probable era que se la hubiese mamado en una rumba. Pero incluso si ese era el caso, como agente de la CIA no me venía nada mal tener acceso a Trump a través de Scarlet, o a Scarlet través de Trump.

La Goldigger me recogió en un Lincoln con placas oficiales, con chofer. Nos sentamos en el asiento de atrás, separados por un vidrio del asiento delantero. Era el 11 de Noviembre del 2017. El carro olía a repollo. Bajé la ventana y disfruté del fresco otoñal californiano. Respiré profundo, dejé que el aire de la libertad acariciase mis bronquios torturados por el encierro y el hachís carcelario, e hice la pregunta más lógica para entender cómo estaba el país:

—¿A cuánto está el dólar?

—Cincuenta y dos mil y pico.

La miré con una sonrisa.

—En serio... Dime.

Se volteó y me estudió con curiosidad. Creo que hasta ese momento no había captado que yo no tenía ni la más puta idea de lo acontecido en los últimos años.

—¿En cuánto estaba cuando caíste preso?

—Ocho y pico, casi nueve.

Movió la cabeza en forma negativa, impresionada.

—Parece mentira, pero sí, está en cincuenta y dos mil y pico, y por los vientos que soplan, puede llegar a cien mil en un par de meses.

Sonaba a paja, pero por qué me iba a mojonear...

—¿Y a cuánto está el oficial?

—Hay varios tipos, es pelúo calcularlo, pero el que consiguen los bolichicos está en once.

Me cagué de la risa. Imagínate la vaina. En tiempos del Comandante se hacían dos o tres dólares de ganancia por cada dólar invertido, y con eso nos hicimos todos millonarios. Ahora podrías comprar dólares pagando once bolívares, cuando valen cincuenta y dos mil, y eso daría... ¡cinco mil dólares en ganancia por cada dólar invertido!

—¡Pero eso es otro nivel! –dije–. ¡La gente debe estar nadando en billete!

El carro cogió una autopista y vi que se dirigía a San Francisco. Casi lloro de la alegría. Una vaina era salir de la cárcel y meterse en un carro, otra era comprender que estarías en una ciudad como cualquier mortal, caminando, en cuestión de minutos. Además San Francisco es cool. Iba pendiente de meterme en Chinatown y comerme unas lumpias. Pasear por la playa del Golden Gate bridge y disfrutar, por fin, de la vida.

—Es otro nivel pero el círculo se está cerrando –dijo la Goldigger–. El Departamento del Tesoro tiene sancionados a casi todos los que importan, incluyendo a sus testaferros.

—Y tú... ¿en cuánto estás montada?

Me miró con cierta tristeza.

—A mí me distanciaron mucho desde que falleció El Comandante. He seguido haciendo lo mío para no perder musculatura, pero yo, Juancito querido, trabajo para el gobierno americano. Y a tus compatriotas se les fue el yoyo. Esa Venezuela de corrupción absoluta que dejaste era el país de las maravillas comparado con lo que existe ahora. El Comandante cuidaba las apariencias, estos tipos no. El ejecutivo se lo dividen entre Hezbollah y Cuba. El petróleo entre Rusia y China, y las fuerzas armadas entre las FARC y el Cartel de los Soles.

La miré con incredulidad.

—Y si es así, ¿por qué Donald Trump no invade esa vaina?

La Goldigger me miró con arrechera.

—Te vas a tener que meter el "y si es así" por el culo. Lo que te digo es lo que es. No te estoy dando teorías.

Me asusté. Esta jeva era lo único que me separaba de la cárcel, y con su tono me dejaba claro que era mi nueva jefa y me podía destruir con mover un dedo.

—Te la perdono –añadió–, porque sé que tienes más de media década sin echar un polvo y te debes estar volviendo loco.

Me puso la mano en la pierna y me sonrió. Siempre había tenido lo suyo, se parecía a la Princesa Leia. Yo cargaba un verano épico y la verdad es que con tal de que fuese mujer, le hubiese echado bola a lo que sea. Pero me parecía un poco deprimente que mi primer polvo en libertad fuese una chama que, por más que sea, era mi amiga. Todo cambiaría entre nosotros.

—Te lo mamaría –dijo pausada–, pero los medios gringos andan en una fiebre de denunciar el acoso sexual. No me quiero meter en peos.

Me reí nervioso. Yo había pasado seis años con criminales sin cerebro. Esta jeva se había metido en el corazón revolucionario, como agente secreta, y quién sabe cuánto había logrado para los gringos. Claramente me llevaba una morena en materia mental.

—El tema –dijo–, es que Trump ganó las elecciones con la promesa de "America First", una doctrina aislacionista que dice que Estados Unidos no debe ser la policía del mundo. De hecho, es probable que sea el primer presidente gringo, en muchas décadas, que no comience una guerra. La única posibilidad de que eso cambie, es que su pueblo le pida meterse en Venezuela. Por eso hicimos un plan para que las imágenes de las protestas y la represión llegasen a las casas de todos los americanos. Y lo logramos… durante un mes no se habló de otra cosa en los medios gringos, y se creó una matriz de opinión en la que defender los derechos humanos de los jóvenes indefensos que estaban siendo masacrados, parecía ser responsabilidad de la administración Trump. Pero, de repente, la oposición negoció con Maduro y echó todo para atrás.

—¿En serio? ¿Toda la oposición?

—No toda, pero no sabemos con certeza quién es quién, porque hay infiltrados en todos los partidos. Apenas comenzamos a emitir las sanciones, varios diputados opositores anunciaron que iban a elecciones regionales, de un día para otro, y la calle se desmoralizó.

Miré hacia adelante y noté que el carro llegaba al aeropuerto internacional de San Francisco. Yo pensando en pasear con los hippies y lo que me estaban era chutando del país. Lo que menos me provocaba era montarme en un avión.

Pero bueno, la verdad es que tenía su flow salir del imperio, lo más lejos posible.

—Aunque no lo creas –añadió–, gracias a ese peo estás en libertad. Al perder la confianza en nuestros aliados locales, la CIA quedó completamente desorientada, y me fue mucho más fácil convencer a mis jefes de que te necesitábamos.

Poco a poco se asomaba la naturaleza de mi misión. Pero yo tenía más de media década esperando, y me tuve que quejar:

—Hace seis años me dijiste que si aceptaba trabajar para ustedes salía esa misma noche. Ahora me dices que salí de vainita y gracias a que no saben qué hacer sin mí…

—Ibas a salir, no esa misma noche pero en cuestión de meses. El peo es que El Presidente Obama, de un día para otro, se obsesionó con levantar el embargo y hacer las paces con Cuba… Y los Castro pusieron como condición que les dejasen seguir al mando de Venezuela.

—¿Y desde cuándo los Castro le ponen condiciones a los gringos?

—Es complicado… Con decirte que hasta Hillary Clinton se indignó y salió del gobierno… Pero fue lo peor que pudo hacer, porque el Departamento de Estado lo tomó John Kerry, un pacifista hippie que se casó con la dueña de Ketchup, y desde entonces carga un peo de culpa muy arrecho que le hace querer ayudar a los comunistas.

—¿John Kerry es el dueño de la salsa de tomate Ketchup?

—La esposa, Teresa Heinz, como Ketchup Heinz.

—Ay coño…

—Vas a comenzar operando desde Panamá. Ya tienes cuentas bancarias, un carro y un penthouse alucinante en plena cinta costera. Desde que te agarró la Policía de Los Angeles, nos fajamos para que tu identidad no trascendiese a los medios. De hecho en Venezuela nunca se supo más de ti. Quitamos todo rastro de tu caso del internet, incluso los records públicos de tu juicio y condena. Si alguien te busca online no consigue nada, no tienes huella digital. De aquí en adelante tendrás cierta libertad de acción y puedes guisar para mantenerte. Pero no estarás trabajando oficialmente con nosotros, esto es lo que se llama una operación negra. Si te agarra alguna policía internacional, no te podemos reconocer como agente nuestro y vas a ir preso como cualquiera.

—¿Tú vienes a Panamá conmigo? –pregunté con complejo de Edipo ante mi nueva madre.

—Tienes dos días para bañarte y ponerte al día. Después yo te caigo y te preparo para Venezuela. Te quiero.

Me dio un abrazo y un piquito, y con un gesto me indicó que saliera del carro.

Así comenzó la etapa más frita de mi vida.

LA INVASIÓN DE PANAMÁ

El vuelo fue de San Francisco a Panamá, vía Los Angeles. Viajé en clase económica y no me pareció tan grave, incluso me gustó la comida que sirvieron. Pensé que ya no era el mismo de antes. La cárcel me había hecho valorar las cosas pequeñas, bajar mis niveles de exigencia. Era un civil percusio más y estaba orgulloso de serlo. Quizás en eso radique la sabiduría, comprender que las cosas materiales son pasajeras y lo que importa es el espíritu.

Al aterrizar en Panamá, el dólar ya estaba en cincuenta y siete mil bolívares. No estoy jodiendo. En menos de veinticuatro horas pasó de cincuenta y dos, a cincuenta y siete; como si nada. En el mundo se hablaba del inminente default de la deuda de Venezuela y en la ONU la embajadora de Trump, una india que estaba más buena que el carajo, definía al país como un narco estado, le pedía al mundo intervenir, e invitaba a los venezolanos a no perder las esperanzas.

Era raro aterrizar en Panamá en ese contexto. No hacía mucho que el viejo Bush había tumbado a Noriega, con una invasión similar a la que ahora se parecía estar gestando desde Washington. Más de cinco mil panameños habían muerto en enfrentamientos e incendios, y los marines se habían llevado a Noriega para el imperio.

Pasaron muchos años hasta que Panamá volvió a ser un país normal. Ahora es una vaina loca futurista y con boom económico, pero igual, sólo los ricos consideran que la invasión fue positiva.

Comencé a hacer la larga cola de inmigración y escuché a un oficial pedirle a los venezolanos que tuviesen el pasaporte abierto en la página de la visa. Yo ni sabía que nos pedían visa en Panamá, pero supuse que la Goldigger no se pelaría en algo tan elemental. Agarré mi pasaporte, comencé a buscar y, efectivamente, tenía mi visa recién estampada. Lo impresionante fue mirar alrededor y ver cómo, de las doscientas personas que estaban en la fila para pasar por inmigración, al menos ciento ochenta sacaban sus pasaportes venezolanos. Al tipo que estaba en frente de mí también le sorprendió la escena. Se rió y soltó con ironía: "La invasión de Panamá."

Nadie sabe cuáles son los números oficiales, pero en el día a día, la mitad de las personas con las que interactúas en Panamá son de Venezuela. De ahí viene el rollo de la visa. La vaina se fue de control y los panameños están que matan a los venezolanos.

No los culpo. Si bien sentía cierta nostalgia por la patria bella, después de tantos años en el exterior, no me iba a caer a mojones: a los venezolanos solo nos soporta el que no nos conoce. Ni nosotros mismos nos soportamos. Y si al leer esta vaina te picas y te sientes herido en tu orgullo venezolano, es porque tú eres de los más insoportables. No me jodas. No tenemos nada de lo cual enorgullecernos. Y no me vengas con Cruz Diez, yo hacía rayas de colores en preescolar y a nadie le importaba. Además, ese pana piró en los años sesenta y no volvió más. En eso, en todo caso, es en lo que fue un visionario.

A la salida de inmigración encontré un carajo con mi nombre en un cartelito. Se llamaba Carlos Iván y manejaba una van. Era moreno claro y no paraba de hablar.

—Aquí estamos, jefe, para lo que usted necesite.

Extrañaba ese calor humano. Los panameños se parecen a los venezolanos de antes, gente amable y alegre que gana en dólares y no parece odiarte.

—¿Y qué tal el edificio en el que me quedo? –preguntó.

—¿El Allure? No, jefe, eso es una maravilla, sobre todo el penthouse que le dieron a usted. Ese no se lo dan a cualquiera.

—¿A quién sabes tú que se lo hayan dado?

—Ufff, pura gente pesada.

—¿Pero gente de gobiernos o gente famosa?

—Famosa no tanto, aunque hace rato se lo dieron a Sean Penn.

—¿A Sean Penn?

—Hace años, sí, como en el 2010, cuando estaba recién inaugurado. Fue uno de mis primeros trabajos.

Me dejó pensativo la vaina. Sean Penn. ¿Será que ese pana… era agente de la CIA? Sería una locura. Ese tipo se la pasaba con El Comandante. ¿Habrá tenido algo que ver con la enfermedad? No vale, bro. ¡Qué paranoiqueo! Estar del otro lado de la talanquera era muy estresante.

—Ese man está loco –añadió Carlos Iván.

—¿Loco cómo?

—Digo, conmigo se portó muy bien, pero ese rollo en el que se metió con la captura del Chapo…

—¿Capturaron al Chapo?

Carlos Iván se volteó y me miró extrañado.

—¿Usted como que no lee noticias?

—Es que tengo tiempo desconectado, en una misión en el medio oriente –dije en tono de Agente 007.

Me tenía que meter un puñal de los acontecimientos de los últimos años. El mundo cambia todo el tiempo y cuando estás en libertad no te das cuenta. Pero si pasas unos años preso, al salir no reconoces nada.

—¿Y qué tuvo que ver Sean Penn con la captura del Chapo?

—Chequéese en Netflix el documental de Kate del Castillo, queda clarísimo.

Qué vaina tan ruda. Sabía que había vínculos directos del Comandante con el Chapo, y que el Mexicano se la pasaba en Margarita, pero imaginar que Sean Penn se los había traído abajo a los dos, era como mucho.

Salimos de la autopista y entramos en la Avenida Balboa, que bordea la cinta costera, la parte más moderna de la ciudad. Rascacielos residenciales y hoteles se mezclaban con casinos y restaurantes, en una combinación de South Beach con Copacabana pero sin playa y con olor a cloaca.

Llegamos al Allure, un edificio de cincuenta y pico de pisos en frente del Parque Urraca. Carlos Iván se despidió y me dio la llave del penthouse y un celular, para que lo llamase cuando lo necesitara.

Subí, abrí la puerta y me quedé loco… Tenía dos pisos con trescientos sesenta grados de vista de la ciudad. Desde el cuarto principal se veía el Canal de Panamá, desde la sala el Casco Viejo, y desde el comedor se veían puros rascacielos y una isla residencial que parece salida de Dubai. Arriba tenía una terraza con un jacuzzi para seis personas. Era, en fin, un apartamento digno para asumir nuevamente mi identidad revolucionaria.

Sobre la mesa del comedor había tres chequeras y tres tarjetas de crédito: Una de un banco gringo, otra de uno panameño y la tercera de uno venezolano. Había un sobre con cinco mil dólares, las llaves de un Audi y una laptop.

Entré al cuarto principal y vi una maleta al lado de la cama. La abrí y descubrí que la ropa que tenía era mía. Demasiado cuchi la CIA, me había traído mi ropita desde Caracas.

Me eché un baño caliente en la ducha de masajes y comencé a sentir que se me iba toda la mugre acumulada en la cárcel. Cada gota que acariciaba mi cuerpo me iba quitando la mariquera jesuita. El pobre cabizbajo victimizado por el sistema penitenciario del imperio, iba desapareciendo; y daba paso al renacer del Juan exquisito, ese que sabe distinguir entre lo bueno y lo malo, que sabe lograr que las vainas le salgan bien.

La verdad es que en la cárcel leí mucho la Biblia y descubrí que es alucinante; una porno suave violentísima en la que los reyes se casan con mil mujeres y el creador quema humanos con lava, o los ahoga con diluvios. En el fondo la revolución es como la Biblia, salvo que en la Biblia hay sólo diez plagas y en la revolución hay como mil. Pero toda filosofía que glorifique la pobreza es un consuelo para perdedores. Ese concepto de que es más fácil pasar a un camello por el ojo de una aguja, que meter a un rico en el reino de Dios, es lo que tiene jodido a Latinoamérica. Por eso la amabilidad de los panameños tiene fecha de expiración, pues es una sociedad católica y eso hace inevitable el resentimiento social. La Iglesia nos enseña que la pobreza es digna y los ricos son sospechosos, y eso convierte a toda la región en una bomba de tiempo.

Y sí, reconozco que el catolicismo me sirvió de mucho en la cárcel, creo que para eso fue creado, para sentirse digno al pelar bola. Pero yo no nací para pelar bola.

Juré que más nunca me volvería a equivocar. Si la vida me había puesto esta misión por delante, la tenía que cumplir. No tenía nada que perder y tenía mucho que ganar. Mucho billete sobre todo. A la revolución no se la jode con idealismo, se la jode creando una mafia más arrecha que la bolivariana.

Pensé en hacerme la paja, pero inmediatamente recordé que tenía cinco lucas en cash y estaba en Panamá. No sólo eso, estaba en una Panamá infestada de venezolanos y eso, sin duda, incluía putas venezolanas. No había mejor manera de ponerse al día que interrogar a una puta venezolana.

Salí de la ducha y me cambié. Agarré los reales y las llaves del Audi y estaba por salir cuando vi la laptop e hice una pausa. Una pausa abrupta e involuntaria, de esas que te tira el destino para recordarte que todo está escrito, y que por más que sea, no se puede estar improvisando demasiado por ahí.

La verdad es que tenía seis años pensando en ella. Scarlet. Tan bella. Tan hija de puta putísima, que me había conejeado mientras me ponía a tirar como conejo. ¿Dónde estás, querida? Creías que te ibas a olvidar de mí para siempre, pero aquí estoy, libre y apoyado por la CIA, la banda criminal más poderosa de la historia... y sabes que voy por ti.

Abrí la laptop y le hice un search a su nombre completo. Salieron un par de viejas locas en EE.UU que evidentemente no eran ella. Y después salió un perfil de una jeva que podía ser.

Agrandé la foto y sí, la muy perra, ahí estaba, más buena que nunca a sus veinticinco años. Decía que era de California pero vivía en Amsterdam.

Comencé a estoquear todas sus fotos, y con optimismo de encucado crónico, noté que no se veía feliz. En algunas fotos sonreía, pero no era esa sonrisa con la que me había vuelto loco. Faltaba algo. Levanté mi mano y le tapé la boca para estudiar sus ojos; la miré fijamente por un largo rato, y sí, se veía triste, incluso en las fotos en las que reía.

Con el pasar de los años, desde que caí en prisión, fui admitiéndome a mi mismo la indiscutible mala intención de sus actos y la magnitud de su plan macabro. Pero siempre pensé que mientras me tumbaba los reales, se había enamorado de mí. Ahora la redescubría llena de una tristeza evidente que confirmaba mi consuelo y mi sospecha.

Si somos honestos hay que reconocer que la chama se fue de paloma estafándome, y esa vaina hay que saberla respetar. La gente cree que el crimen es fácil. Pero no. Fácil es tener un empleo y cobrar quince y último, para que otro haga dinero con tu esfuerzo y la ley proteja tu esclavitud. El crimen requiere de talento y Scarlet había demostrado que era de las mejores.

Seguí pasando fotos, una tras otra, riéndome de todo lo que vivimos, añorando su piel blanca imperial americana, anhelando respirar sus labios, tocar su cuello, acariciar esas largas pestañas con las que tantas veces rasguñó mi alma.

No había fotos de hombres en su perfil, lo cual era buena noticia, pero no garantizaba nada. No había mucha información. Tampoco parecía puta. El pecho me temblaba por la emoción de haberla encontrado, pero el asunto también tenía algo de anticlimático: Seis años preguntándome dónde estaba, qué había hecho con mis reales... Seis años visualizándola llena de remordimientos o sin importarle nada, dependiendo de mis niveles de esperanza. Pero al ver sus fotos no obtenía ninguna respuesta, y mi deseo de mamarle la cuca solo subía a medida que iba pasando las imágenes. Era un peligro.

Entendí que tenía que cerrar la laptop si no quería perder el coco. Pero justo antes de hacerlo, encontré una última foto que me sacudió por completo:

Scarlet estaba sentada sobre una bicicleta, lista para pedalear en pleno atardecer de Amsterdam. Era la misma Scarlet de siempre, pero en esta foto, junto a ella, recostada sobre su lado…

…Había una niña.

Debajo de la foto, un texto:

"Feliz cumpleaños mi Joanne".

Joanne .

¿Joanne Planchard?

No puede ser.

LA PUTA CON POSTGRADO

Foco, Juan, foco. Estás en una misión especial. Scarlet te volvió leña la vida, no te puede volver a controlar.

Me entró un pánico heavy, cerré la laptop y salí del apartamento. En el estacionamiento me esperaba un Audi A6 blanco, con cinco mil kilómetros. Lo prendí y salí a toda velocidad.

Manejé por la cinta costera y llegué al Casco Viejo, la zona colonial en la que Simón Bolívar intentó convencer a toda América de organizarse en una confederación de Estados. Así es, mi pana, a Bolívar se le ocurrió una especie de Unión Europea, siglo y medio antes de la Unión Europea. Obviamente nadie le paró bola y aquí estamos, todos separados, ninguno solidario, convencidos de que somos súper diferentes entre nosotros.

Ahora el Casco Viejo es una zona turística llena de gringas surfistas pendientes de un mojito. Nada mal, la verdad. Pero yo de gringas, con Scarlet ya tenía suficiente.

Le pregunté a un menor que cuidaba carros dónde podía conseguir una buena puta, y me sugirió que fuera a Habanos Café, como a quince minutos del Casco Viejo.

Llegué al lugar, pero no me quise bajar. Me paré al lado y se me acercó un tipo a preguntarme qué buscaba.

—Una venezolana –le dije y me miró feo.

—Hay panameñas que están bien buenas –replicó como protesta nacional.

—No lo dudo, hermano, pero yo soy venezolano y tengo seis años sin cogerme una venezolana. Así sea fea, la necesito por un asunto del orgullo patrio.

Se rió con gusto. Miró mi carro, como para hacer un cálculo económico.

—Te tengo una que es una reina, pero no está aquí y te sale más cara.

—No quiero peo. Dame la que tengas.

—Si tienes quinientos te la traigo en un minuto.

—¿Catira?

—¿Eso qué es?

—¿Cómo es la jeva?

—Una reina, confía en mí. Pero son quinientos para ella y cincuenta para mí.

—Tráela y te digo.

—Date una vuelta y nos vemos ahí, frente al casino.

—Listo.

Arranqué, prendí la radio y escuché una plena panameña bastante sólida. Lo malo es que en Panamá los locutores hablan sobre la música. Es una vaina loquísima que nadie sabe explicar. No importa qué parte de la canción sea, se lanzan a decir güevonadas como animador de fiesta de pueblo, incluso en las emisoras juveniles, y uno se lo tiene que calar.

Lo interesante es que el locutor anunció, como noticia de última hora, un golpe de estado en Zimbabue, contra Robert Mugabe.

Mugabe era uno de los aliados más cercanos del Comandante. Al parecer su propio vicepresidente y los militares decidieron tumbarlo, y lo peor, con apoyo de Rusia y de China. Entiendo que se habían ladillado de la crisis económica que causaba el tipo por robárselo todo. Mugabe tenía 93 años y como un tercio de siglo en el poder. Sus alianzas eran similares a las de Maduro, y por ello su caída era digna de estudiar.

Me emocionó la vaina. Yo apenas tenía veinticuatro horas fuera de la cárcel y la historia de la revolución internacional ya había cambiado. Sentí que era una señal que me enviaba el destino. En mi nuevo papel tenía que enfocarme en las debilidades de la gente que me enriqueció, y la verdad es que tenía su flow esto de ser agente secreto. Por más que sea uno se crió viendo películas gringas.

Terminé de dar la vuelta, me paré frente al casino y el tipo apareció con una chama caraqueña, sifrina, de lo más bonita. No tenía pinta de puta. Parecía una jeva del colegio Cristo Rey.

—Hola –dijo con tono de jeva del Cristo Rey.

—Hola –respondí con mucho respeto.

Me extendió la mano y se presentó.

—Antonieta.

Me dio un beso en el cachete, le dio la vuelta al carro y se metió en el asiento del copiloto.

Yo miré al tipo y él sonrió de lo más orgulloso:

—Como la pidió mi galán, reina y chama.

—Gracias maestro –le di sus cincuenta dólares y arranqué.

Rodamos unos segundos, en silencio. Yo ya no sabía cómo hablarle a una hembra, estaba fuera de forma. Pero afortunadamente, ella rompió el hielo con una pregunta:

—¿De Caracas?

—Sí. ¿Y tú?

—También.

—Cero política –sentenció.

La miré sorprendido.

—No tengo rollo.. Pero… ¿por qué?

—Porque es un peo. Si eres revolucionario es un peo, y si no eres también es un peo. Mejor que hagamos nuestras cositas y ya.

—Tú eres sifrina –dije como si fuese una revelación.

—Depende… Tú sabes que esa es una medida comparativa.

—¿Cómo es eso?

—Estudié en el Cristo Rey, me gradué en la Católica en comunicación e hice postgrado en economía en la Simón. Si para ti eso es ser sifrina…

Me dejó frío. ¿Qué hacía una chama como ella metida a puta en Panamá? La vaina tampoco es así. Por un momento pensé que era una trampa que la CIA me había tendido para matarme. ¿O fue más bien la revolución?

Respiré hondo y cogí pausa. Era demasiado poco probable que yo me encontrase con esta jeva... había que descartar la posibilidad de una emboscada. Me tenía que relajar. Seguro era una caraqueña rebelde que se vino a hacer unos dólares porque estaba arrecha con el papá, y yo sólo tenía que disfrutar la oportunidad. La niña era bonita y súper educada, no había duda de que me podría dar un buen resumen de lo que había pasado en Venezuela en los últimos años. Aunque dijese que no quería hablar de política, cuando una jeva dice que no quiere hablar de algo es porque es de lo único de lo que quiere hablar.

Cuando subimos al penthouse, se quedó loca.

—¿Tú vives aquí?

—A veces.

Se paró frente a la ventana y admiró la vista. Luego se volteó y me miró seductora. No le quedaba bien el papel de puta, pero era realmente bella.

—Son quinientos.

—¿Por cuánto tiempo?

—Un polvo.

—Te doy mil si te quedas un par de horas.

—Me quedo, pero cero vainas raras.

—¿Tipo qué?

—Tiramos donde tú quieras pero cero anal, todo con condón, y nada de pipí, pupú, ni esas vainas.

Solté una carcajada. Era como hablar con una amiga de la metro. Le di mil dólares en cash, los metió en un sobre y lo dejó sobre la mesa del comedor. Nos fuimos al cuarto y nos desvestimos.

Me lo mamó con condón, lo cual es muy raro. No lo recomiendo. Implica un sonido similar al que hacen los magos que doblan globos en forma de perritos en las fiestas infantiles. Mata pasión total. Pero cuando la agarré y la acosté en la cama, le levanté la pierna izquierda, y se lo metí de ladito, pensé que no estaba nada mal.

—¿Hace cuánto saliste de Caracas? –pregunté relajado, tratando de prolongar el polvo.

—¿Te gusta hablar mientras tiras?

—Cuando la que tira conmigo tiene postgrado, es un privilegio.

Sonrió agradecida. Supongo que apreciaba ser valorada por su cerebro mientras vendía su cuerpo.

—Me fui hace cuatro meses, después de la traición de la MUD.

Ahí está, apenas soltó una sola frase y ya era política. Mientras le acariciaba los pezones rígidos y pequeños intenté estrategizar para que me contase su versión de las cosas, sin revelar que no tenía ni idea de lo que me hablaba.

—¿Qué crees tú que fue lo que pasó? –pregunté.

—No quiero hablar de política –dijo, recordando su mantra.

Por momentos parecía que disfrutaba el polvo y le molestaba genuinamente que yo lo estuviese arruinando hablando de la MUD.

La voltee hacia mí y comencé a besarla. Nadie puede imaginar lo que se siente besar a una mujer luego de seis años sin hacerlo. Supongo que babeaba como adolescente. Y no era porque estaba muy excitado, simplemente sentía que había regresado a casa luego de un exilio interminable. Mi hogar eran los labios de una mujer.

Hicimos el amor en silencio, por cinco minutos, y finalmente llegué a un orgasmo decente. Nada del otro mundo, no era lo de Scarlet, pero esto no tenía por qué serlo. No era el retorno del Jedi, era la caravana del valor.

Nos quedamos tranquilos en la cama. Ella sacó un cigarrillo eléctrico de marihuana y le dimos unas patadas. Me agarró las bolas y comenzó a jugar con ellas lentamente, como si fueran esferas de meditación chinas.

—Yo estuve en las protestas –dijo–, vi cómo mataron un chamo a dos metros de mí, en Altamira. Hice todo lo que pidieron los hijos de puta de la MUD. Hasta llevé vecinos a votar en el plebiscito del dieciséis de julio. Y nada, cuando vi que lanzaron todo a la mierda para ir a las elecciones regionales, tiré la toalla y me fui del país.

Lo dijo fingiendo resignación pero se le salió la tristeza. Me dio lástima. Me sentía tan ajeno a todo eso, a ella, a Venezuela, ni sabía muy bien lo que era la MUD, incluso la revolución me resultaba extraña.

—¿Y desde el principio te viniste a trabajar en esto?

—Era la mejor manera de comenzar. En mi trabajo en Venezuela ahora estaría ganando cinco o seis dólares mensuales. Tendría que trabajar dieciséis años sin comer para ganar lo que me acabo de ganar contigo.

Así mismo, compadre. Todo el sueño revolucionario resumido en pocas líneas: Poner a mendigar a la oligarquía mientras nosotros nos bañamos en billete. Que las sifrinas del Cristo Rey terminen de putas en penthouses de chavistas. Los objetivos fueron logrados.

La interrogué por un buen rato. Yo pensaba que la elección de Trump era lo más loco que había pasado últimamente, pero nada que ver. Por ejemplo, al Presidente de Colombia, Juan Manuel Santos, le habían dado el premio Nobel de la Paz por permitirle a los camaradas de las FARC hacer política sin tener que ir a juicio. El legendario guerrillero Timochenco era candidato Presidencial. Lula estaba siendo enjuiciado por corrupción y a Dilma la habían tumbado antes de terminar su período. Evo y Daniel Ortega seguían imbatibles, matando estudiantes, pero Mujica y la Kirshner habían entregado el poder pacíficamente. El papá de las Kardashian se había cambiado de sexo. Inglaterra había votado para separarse de Europa y, como por si fuera poco, se habían muerto Noriega y Fidel Castro.

Echamos otro polvo mediocre más, y la invité a quedarse a dormir. Sonrió y movió la cabeza negativamente. Se paró de la cama y comenzó a vestirse.

La observé, indignado de que me dejase sólo.

—¿Te están esperando? –pregunté.

—No. Estoy sola en Panamá.

—¿Y por qué no te quedas?

Se terminó de vestir y me miró con esa arrogante seguridad que sólo da el haber nacido con dinero.

—Que no quiera hablar de política no implica que no sepa qué tipo de persona eres.

Me tragué mi reacción para ver hasta dónde podía llevarla.

—¿Cómo sabes que estoy con la revolución?

Me miró con ironía y señaló alrededor, y yo protesté:

—¿No puedo tener dinero si no estoy con el gobierno?

Me volteó los ojos, como pidiendo que dejase la estupidez. Era impresionante, la jeva me acababa de vender su cuerpo pero el que se sentía humillado era yo.

—¿Y si ya no soy revolucionario? ¿No eres capaz de perdonar?

Me estudió por unos segundos.

—Es posible que algún día, cuando seamos libres, esté dispuesta a perdonar.

—Gran vaina –le dije, molesto–, ustedes también tienen que pedir perdón por muchas cosas.

—No voy a hablar de política con un cliente. Si te sirve de consuelo, acepto tu dinero porque lo necesito. Al menos eso te dejó la revolución.

La verdad es que la revolución no me dejó dinero y el polvo me lo estaba pagando la CIA, pero sus palabras me dolieron.

—Desayunemos mañana –supliqué.

—Nope.

—Te pago por tu tiempo.

—Okey, pero desayunamos aquí.

—¿Por qué?

—Primero muerta que ser vista en público con uno de ustedes.

—Ni que fuera Diosdado, nadie sabe quién soy.

—Todo el mundo sabe quién es todo el mundo.

—Con todo respeto… ¿Estás trabajando de prostituta y no quieres que te vean conmigo porque jode tu reputación?

—La necesidad económica no me avergüenza. De hecho, en cierto modo me enorgullece, porque es la mayor prueba de que no soy como tú.

—Estás loquísima.

—Estoy ilegal en Panamá, escapando de la mayor crisis humanitaria de la historia de América Latina. Que me paguen por dar placer no reduce mi dignidad.

—¿Y desayunar conmigo sí?

—Sin duda.

Se agachó y me dio un beso en la frente. Se dio la vuelta y caminó hacia la sala.

Me hirvió la sangre. Me paré y fui tras ella.

—No seas así.

—¿Cómo?

—¡Todo el mundo guisó!

—No todo el mundo.

—Los que pudieron.

—Algunos no quisimos.

—Porque no se les dio la oportunidad.

—Whatever.

—Yo te quiero ver con un par de millones en frente a ver si no le echarías bola.

—No hace falta ofender.

—¡Tú eres la que estás ofendiendo!

Me volteó los ojos, como aburrida de escucharme. Llegamos a la sala, agarré el sobre con los reales, saqué los mil dólares y se los lancé en el piso.

Se detuvo, miró el dinero por un segundo y se agachó a recogerlo, lentamente. Se lo metió todo en el bolsillo y me sonrió de manera profesional, sin rastros de rencor, como si parte de su servicio fuese recoger dinero del piso.

—Gracias –dijo.

Se dio la vuelta y se fue del apartamento.

Maldita.

BICICLETAS DE HEZBOLLAH

La Goldigger llegó a las ocho de la mañana del día siguiente. Yo todavía me recuperaba de la humillación de la puta con postgrado, y el dólar ya estaba en sesenta mil. Se trajo una champaña y un juguito de naranja, y preparó unas mimosas respetables.

—¿Te acuerdas de la fábrica de bicicletas atómicas que inauguró El Comandante? –preguntó después de brindar.

—Me suena… ¿qué es lo que era esa vaina?

—El 12 de junio del 2008, se inauguró una supuesta fábrica de bicicletas en Cojedes, como parte de los convenios de cooperación entre Irán y Venezuela. El Comandante se montó en una bici y dio una vuelta en pleno Aló Presidente. Dijo que era una bicicleta atómica, para burlarse de los medios extranjeros que decían que en esa fábrica no harían bicicletas sino una planta nuclear.

—Ya, algo me recuerdo, pasa que yo en el 2008 apenas estaba comenzando.

—Además de las bicicletas, que obviamente nunca se hicieron, se aprobaron treinta mil millones de dólares para crear un sistema de fábricas en todo el país. "Fábrica de fábricas" llamaron al programa que se suponía iba a convertir a Venezuela en una potencia industrial.

—Me acuerdo de los famosos vuelos de Conviasa que iban a Siria e Irán, directo desde Maiquetía. Pero tú sabes que yo nunca me metí en peo de árabes.

—Los iraníes no son árabes, son persas. Y esa ignorancia venezolana es la razón por la cual ha sido tan fácil gobernarlos por dieciocho años. Deberías, al menos, disimularla.

—Pana, yo entiendo que ahora eres mi jefa, pero estás burda de agresiva.

Me miró con cariño.

—Tienes razón, disculpa.

Levanté la mimosa e hice un gesto de que bebía a su salud.

—¿De pana eres escuálida? –pregunté.

Vera soltó una carcajada.

—Yo soy gringa, querido. Mi fidelidad es a mi país y el tuyo me interesa solamente porque se ha convertido en una amenaza para el mío.

—¿Entonces quieres que yo me meta en guisos iraníes?

—Esa es la idea.

Pinga e' mono. Yo pensaba que con importar unas cajas de alimentos iba a poder cumplirle a los gringos, o que en el peor de los casos me pedirían infiltrarme en el guiso del perico. Pero lo de los iraníes era mucho más serio.

— Me vas a meter en un peo enorme.

—Estás condenado por intento de asesinato. Si prefieres volver a la…

—No te pongas así.

—Deja el culillo entonces. Le tenías miedo a los iraníes porque no querías que los gringos te sancionaran. Pero ese miedo ya no tienes por qué tenerlo.

Buen punto… Con los gringos detrás mío, quién contra mí.

—Yo le echo bola –dije–, pero no sé por donde empezar.

—Por el Alba Caracas, el antiguo Hotel Caracas Hilton.

—¿Pero ahí no están las FARC?

—Las FARC, Hezbollah, todo el juego de las estrellas.

Tragué hondo y supongo que me puse pálido. Vera se dio cuenta, me sonrió y me sacó una bolsa de perico y sirvió una línea sobre la mesa. Me metí el pase, poco a poco. Tardó un par de segundos en pegarme, pero llegó… ¡un gran alivio! Se me quitó el miedo. Me reí y ella me agarró la mano.

—Me alegra que estés aquí –dijo con sinceridad.

—A mí también.

—Te tengo que poner una inyección.

—¿De qué hablas?

—Te tengo que meter un chip en el culo, una especie de brazalete electrónico.

—No me jodas.

—Es en serio, sorry. Para que no te puedas escapar.

—Yo no me voy a escapar.

—Yo sé. Pero igual.

La muy perra abrió su maletín y sacó una jeringa electrónica:

—Pela el culo –dijo muerta de risa.

—Tú me estás jodiendo.

—Pela el culo y deja la mariquera.

La vaina era en serio. Me metí otro pase para armarme de valor. Me puse de pie y me bajé un poco el pantalón, revelando media nalga derecha.

—Te tienes que quedar inmóvil diez segundos, mira que lo que te voy a meter no es líquido.

—¡No me cagues más coño!

Terminó de bajarme el pantalón y ¡blooooom! Me clavó la jeringa electrónica y yo arranqué a gritar por diez segundos, a todo pulmón, mientras escuchaba sus carcajadas. Finalmente, me sacó la jeringa y me frotó un algodón con alcohol. Cuando terminó, me puse a brincar por todo el cuarto mientras ella se hacía pipí de la risa.

Después de un rato yo también me reí. El dolor era serio pero la euforia del perico y el sabor de la libertad me terminaron de sacar del cautiverio mental. Estaba listo para arrancar a Venezuela.

—Ya sé que te metiste en Facebook a ver a la puta esa –dijo en tono de ex esposa.

Yo puse cara de que lo iba a negar todo, pero ni lo intenté.

—Te tenemos pillado, Juancito –continuó–, no hagas estupideces y si las haces que no sean tan estúpidas que me hagan pasar pena.

Me lo decía como advertencia, pero también me lo pedía como favor. Estaba claro que si ella había convencido a la CIA de sacarme de la cárcel y yo terminaba de gafo mostrándome frente a Scarlet, la dejaría en ridículo. Pero… ¿y si la carajita de la foto era mi hija? No era fácil la situación. Nunca antes se me había presentado un dilema tan extremo. Había que respirar profundo y aguantar. La paciencia hace fuerte al débil, y la impaciencia hace débil al fuerte. Yo tenía que serlo todo: fuerte y paciente, padre y agente.

—Como te dije –siguió–, se hizo un trabajo exhaustivo para borrar los datos de tu caso del internet. Pero si Scarlet, o la familia de tu víctima, se enteran de que saliste de la cárcel, simplemente vas de regreso al hueco hasta que cumplas tu condena.

—No te preocupes, te prometo que no la voy a contactar.

—Fernando Saab era el jefe de la planta de bicicletas y de una cementera llamada Valle Hondo, para la cual se aprobaron setecientos millones de dólares en el 2011… y todavía no se ha inaugurado.

—Buena cifra –sonreí–, pero ¿cómo lo consigo?

—Ahora vive en París, se ladilló de Venezuela. Su point person en Caracas es una rusa llamada Natasha Sokolova.

—¿Está buena?

—No es tu estilo.

—Mi estilo ha cambiado…

—Tienes treinta mil dólares en la cuenta, no logré que me aprobaran más.

La miré con cara de terror.

—¿Qué voy a hacer yo con treinta lucas?

—En Caracas eso ahora rinde, pero sí, vas a tener que montar algún negocito por tu cuenta, la CIA no maneja montos tan altos como la revolución.

—¿Y tú no vienes?

—Por ahora vas tú solo, pero me llamas cualquier vaina.

—¿Y cómo le llego a la jeva?

—La revolución ha crecido, pero todo en el fondo sigue funcionando igual. Estás aquí porque se supone que tienes conexiones. Muévete y la vas conseguir.

Al día siguiente salí para Caracas.

NOTA DEL COMPILADOR

Lo que sigue es la traducción de los mensajes privados intercambiados, vía Twitter, entre la señorita Scarlet y su amiga Zoe.

@ScarletT45
Quiero ir a visitarlo.

> @Zoe23
> A quién?

@ScarletT45
A Juan.

> @Zoe23
> LOL!

@ScarletT45
Es en serio.

> @Zoe23
> Ni en chiste lo digas.

@ScarletT45
Por qué no?

> @Zoe23
> No abras esa puerta. Te casas en dos semanas con un fuckin' príncipe.

@ScarletT45
Yo sé... Pero es su hija.

PANTERA Y EL PRÓSAC

Cuando llamé a Pantera gritó de la emoción.

—¡Coño, jefe, yo pensé que lo habían matado!

—Nada de eso brother, estoy vivo y llego esta noche a Caracas.

—¡Qué buena noticia! ¿A qué hora llega?

—A las ocho y media, pero vengo por COPA, de civil.

—No se preocupe que le hacemos protocolo y lo sacamos.

Qué buena vaina. Era de por si humillante regresar a Venezuela en un vuelo comercial, pero al menos Pantera me recibiría como era debido.

Al aterrizar en Maiquetía el dólar ya estaba en sesenta y cinco mil, sin exagerar. En plena salida del avión me esperó una morenita con un cartel con mi nombre. Me pidió que la siguiera y pasé directo, sin hacer inmigración.

El aeropuerto como siempre estaba tenso, con todo el mundo alebrestado, varios militares buscando a quién martillar y decenas de bichitos ofreciendo cambiar dólares a todo el que llegaba.

A la morenita le sonó el celular. Vio el número que la llamaba y me lo dio…

—Es para usted –dijo con esa bella sonrisa criolla que yo tanto extrañaba.

Agarré el teléfono, era Pantera.

—Jefe, le mandé chofer y escolta. Dígame para dónde va y si quiere que nos veamos.

Me preocupó un poco. Yo pensaba que me iba a buscar él.

—Ahhh ya… y… ¿es gente de confianza?

—Claro, jefe, es mi propio chofer el que le mandé, no se preocupe.

—¿Coñoooo, tú ahora tienes chofer? –dije muerto de la risa.

—Noooooo jefe, usted ni se imagina, yo lo que estoy es montado. Vivo cerquita de su casa… en La Lagunita.

Yo no sabía si me estaba vacilando o no, pero cualquiera de las dos versiones me daba mucha risa.

—¿Es en serio?

—Suba que hay mucho de qué hablar, este país está mejor que nunca.

—Voy saliendo.

—No le mando helicóptero porque el maricón de Oscar Perez jodió los permisos nocturnos.

—Sí va, sí va, no hay rollo. Gracias.

Según el briefing que me dio la Goldigger, Oscar Pérez era un personaje extraño que había aparecido durante las protestas de hace unos meses, en un helicóptero del CCCP, llamando a la desobediencia civil. Era líder de un grupo de insurgentes que pertenecían a la Brigada de Acciones Especiales (BAE) de la propia policía técnica de la revolución. Desde que apareció en el helicóptero, todo su grupo estaba desaparecido y el gobierno andaba como loco buscándolo. Por eso habían prohibido los vuelos de noche en helicóptero en todo el territorio nacional.

En Maiquetía me esperaban cuatro motos y una Toyota Fortuner blindada. Qué Dios me perdone, pero pensé que si Pantera estaba montado con casa propia en La Lagunita, algo de la revolución seguía funcionando. Quizás la gringa me estaba metiendo mente y, de verdad, la vaina estaba mejor que nunca. Era lo lógico, con el dólar a más de sesenta y cinco mil, y subiendo dos o tres mil a diario, se podían hacer guisos de nivel legendario.

Nos fueron abriendo paso cual caravana presidencial, y así me dieron mi primer tour de lo que quedaba de Caracas: Una ciudad apagada, vuelta leña, sin publicidad, sin carros, con todo el mundo guardado en casa, basura por todos lados, cero rumba... No era la ciudad que dejé. Pero Caracas es Caracas y es mi casa. Así me la destruyan por completo, mientras existan el Avila y el control de cambio, sigue siendo el mejor lugar del mundo.

Cuando pasábamos por al lado del Concresa, vi un graffiti que celebraba al tal Oscar Pérez. Me puse a buscarlo en Google, el tipo parecía un personaje de Marvel, con rostro de actor de cine, ojos de gato y facciones de blanco pero con piel trigueña. Mientras estaba fugado había sacado varios clips en los que salía armado hasta los dientes, pero siempre dejaba claro que su intención no era violenta. Según pude leer se había ganado el corazón de la resistencia más dura. Pero había un sector de la población que pensaba que era un farsante, un actor contratado por la propia revolución para justificar operaciones violentas contra manifestantes pacíficos.

Yo no sabía qué pensar. Por un lado, crear enemigos ficticios siempre ha sido la estrategia de los Castro. Pero la teoría del Oscar Pérez falso era promovida por algunos de los más sospechoso dirigentes de la oposición. Y ese el enredo diario en el que vivía Venezuela, no se sabía quién era real y quién era infiltrado. Podía ser que el tipo fuese real y los vendidos te estuviesen convenciendo de que era infiltrado. Podía ser que fuese infiltrado y los opositores reales estuviesen engañados. Podía ser al revés, o una mezcla. Y todas las posibilidades tenían defensores completamente convencidos de que su versión era la verdadera.

Pantera era funcionario de una vaina nueva llamada Asamblea Nacional Constituyente, según me contó su chofer. Escúchese bien: A pesar de que no sabía leer ni escribir, Pantera estaba entre los encargados de redactar la nueva constitución de la república. Era imposible no amar a ese país.

Cuando me dijo que vivía cerquita de mí en La Lagunita, no exageraba. De hecho, antes de llegar a mi casa tuve que pasar por la suya a saludarlo. Era bien raro para mí que mi antiguo chofer me recibiera como a un igual. Pero de eso se trata el socialismo, todo el que quiere se puede montar, solo hace falta paciencia y aprender a bailar.

Tenía una casa de dos pisos, de las modernas que están detrás del campo de golf. Afuera había dos camionetas con más de doce funcionarios de la Policía Técnica.

Me recibió en la puerta con una camisa de los Lakers y unos shorts enormes, parecía un rapero gringo.

—Jefe de jefes... ¿cómo me lo trata el imperio? – preguntó y me dio un fuerte abrazo.

Era Pantera pero no era Pantera. El guerrero rudo del 23 de Enero se me había refinado. Tenía el rostro exfoliado, unos lentes Prada estilo Kevin Costner en JFK, y olía como si se hubiese echado encima medio pote de colonia Ferragamo. Le lucía bien el dinero pero se le notaba el esfuerzo. Había algo en él que no cuadraba, algo raro que yo no lograba comprender.

—El imperio no trata bien a nadie, hermano, pero no me puedo quejar –dije con sinceridad.

Entramos a la casa y nos recibieron dos morenas de un metro ochenta, preciosas, que nos ofrecieron sendas copas de Prosecco.

Me reí con orgullo, era como ver a un discípulo superando al maestro.

—¿En qué andas metido, bicho? –pregunté sin parecer muy interesado.

—Yo sólo coordino efectivo, jefe. Tampoco le voy a mentir.

—¿Los bolívares que están perdidos?

—No vale, qué bolívares. El cash de los tipos, ya no saben donde meterlo porque los bancos de afuera los chutaron y todo es un peo. Esta casa me la compraron para eso.

—¿Están lavando cash con propiedades en Venezuela?

Pantera sacudió la cabeza y sonrío.

—Venga por aquí y le explico.

Atravesamos la sala y llegamos a una puerta de hierro blindada. Pantera puso un código y la abrió, y salimos hacia una terraza techada, donde había una piscina cubierta por una lona, con un trampolín. La puerta de hierro se cerró tras nosotros y quedamos solos frente a la piscina.

—Móntese ahí para que vea la vaina –dijo señalando el trampolín.

Yo no entendía qué clase de juego era este, pero le seguí la corriente y me subí al trampolín.

Pantera me miró orgulloso, se acercó a una pared donde estaba una caja de seguridad, y la abrió con una combinación digital. Adentro había un botón rojo rojito. Puso el dedo sobre el botón, y como un carajito me gritó:

—¿Tás listo?

—¿Listo pa qué? –pregunté preocupado.

Pantera apretó el botón y la lona de la piscina comenzó a abrirse. Me tomó unos segundos descubrir qué tenía de particular. Adentro de la piscina no había agua. Había una especie de plástico verde que no dejaba ver bien el interior. Saqué mi iPhone y encendí la luz para ver mejor, y ahí sí pude reconocer, detrás del plástico, el inconfundible morado nazareno del billete de quinientos euros. La lona se seguía abriendo revelando pacas y pacas de euros. Una cantidad difícil de calcular.

—¡Siete millones de euros en cash! –proclamó Pantera como quien anuncia un bautizo.

Se me aguaron los ojos. Entre una vaina y la otra, en mi buena época yo me había montado en cinco palos de cash verdes y más o menos lo mismo en propiedades. ¡Este pana tenía siete en euros, tirados en la piscina!

—¿Qué locura es esta, brother?

—El cash es lo que se está moviendo, hermano. Nadie sabe qué hacer con él porque le han congelado las cuentas a un poco e' gente y, desde entonces, se le pide a todo el mundo que pague en efectivo.

—¿Y a quién le estás cuidando tú ese dinero?

—Eso sí no se lo puedo decir, en parte porque no lo sé. Pero sí le digo que el mejor negocio que hay ahora es cuidar dinero. Le dan a uno su parte y uno no tiene que hacer es nada.

Se me ocurrían una gran cantidad de inconvenientes logísticos a la hora de manejar cash, y ni hablar del enorme riesgo que había de perderlo todo. Quien sea que tuviese a Pantera cuidando esa cantidad, no lo hacía por gusto.

—Dicen que hay ciento sesenta piscinas como estas en Caracas –siguió–, y varias olímpicas en el interior. Pero no sólo eso, tengo panas que hasta se roban carros para llenarlos de efectivo y enterrarlos en el monte. Hay edificios abandonados en Vargas que están forrados de billete por dentro, y parece que los seis pisos de arriba del Hotel Humboldt están llenos de cash.

Sonreí y me bajé del trampolín para darle un abrazo.

—Qué arrecho mi bro –dije y se me aguaron los ojos.

—Se le extrañaba, jefe, no entiendo por qué no llamó. ¿Se le puede ofrecer un Power Ranger?

—Con gusto –respondí sin estar seguro de lo que hablaba.

Cerró la lona sobre los euros y pasamos a la sala. Sacó una botella de Anís Cartujo y sirvió dos vasos. Después abrió una nevera y agarró un pote de yogurt de fresa. Lo destapó y lo vació sobre el anís. Me dio uno de los vasos y brindamos. Nunca había tomado esa combinación tan nutritiva, pero me pareció de lo mejor. Era como cenar y rumbear a la vez.

—¿Y cómo es ese peo de la constituyente? –pregunté.

—Yo no sé muy bien cómo es la vaina. A veces me piden que vaya y me siento ahí, a escuchar, y levanto la mano y voto. Pero no es mucho trabajo.

—¿Pero están haciendo una nueva constitución?

—No que yo sepa. Eso se montó por las protestas, para ayudar a Maduro a calmar al país, usted sabe que al tipo no se le mueve mucho la materia gris y casi todo el mundo lo quiere out. Con la ANC le quitaron un poco ese peso de encima.

—Yo estoy súper desconectado, después de lo que pasó…

"Lo que pasó". Qué heavy todo lo que pasó. Era más fácil asimilarlo en una cárcel gringa que en Caracas. Parte de mí quería llegarse al Cafetal para abrazar a mi mamá, sentarme a ver tele con mi papá y dejarlo que me armara un peo, comer carne mechada y escucharlo hablar sobre Vitico Davalillo, Mano e' Piedra Durán, David Concepción. Era imposible comprender sus ausencias. Si al menos tuviese a uno de ellos. Pero no, a nadie... No tengo a nadie en este país... Soy Juan el huérfano. Debería ir al apartamento a recoger mis vainas, a despedirme del hogar en el que me crié. Pero no, no estoy preparado. Posiblemente nunca lo estaré.

—Lo entiendo, jefe, lo que vivimos nosotros fue muy fuerte para todos, no me imagino para usted.

Era evidente que todo el episodio de la captura y el asesinato de mi madre, con tiroteo en Los Sin Techo incluido, había tenido un impacto emocional sobre Pantera. Y me sentí mal por eso. Es tan horrible el capitalismo que uno piensa que los empleados que viven vainas con uno, sólo están de acompañantes. Como si esas experiencias que uno comparte con ellos no fueran parte fundamental de sus vidas.

—Deme un segundo y le traigo un recuerdo –dijo y salió de la sala.

Miré alrededor.... La casa de Pantera. Nunca, bajo ningún escenario tradicional, en ningún país del mundo, esa casa podría terminar en manos de un analfabeta humilde como él, salvo que fuese pelotero o estrella de algún otro deporte. Sólo el socialismo te puede montar en los millones, sin importar quién eres, siempre y cuando cumplas con las reglas del juego. Por ese sueño había vivido y había muerto El Comandante.

Pantera volvió y puso un maletín sobre la mesa.

—¿Se acuerda?

Miré el maletín pero no vi nada particular.

Pantera le dio la vuelta y lo abrió, revelando varias pacas de cien dólares.

—Usted me lo dio, jefe, el día que se fue.

Me acordé de la vaina. Como pago por toda la locura le regalé cien mil dólares a Pantera, y me dijo que no los iba a tocar, porque ese dinero estaba maldito.

—¡Qué bolas! ¿De pana no te lo gastaste?

—No, jefe, yo sentía que ese dinero estaba como embrujado. Y la verdad es que, al poco tiempo, me fueron saliendo oportunidades y pensé que lo correcto era guardarlo para cuando usted volviera.

Lo miré con duda.

—¿Me lo estás devolviendo?

Pantera cerró el maletín y me lo ofreció.

—Bien cuidado, jefe. No lo toqué cuando lo necesitaba, menos lo voy a tocar ahora que estoy tranquilo.

Miré el maletín sin agarrarlo.

—¿Y todavía crees que ese dinero está maldito? —pregunté.

Pantera me miró con una sonrisa débil, y entendí qué era lo que no cuadraba con él: El tipo estaba triste. El hombre duro, jodedor, sanguinario y leal que conocí, se la pasaba feliz cuando vivía en el 23 de Enero. Ahora tenía todo lo que no tenía antes, pero era como que no supiese qué hacer con lo que tenía, y añorase todo lo que perdió.

—Todo dinero es maldito, jefe. Uno lo que tiene es que gastarlo y ya.

Si el socialismo fuese una religión, ese sería el estado más elevado, cuando terminas de acostumbrarte a ser millonario y descubres que nada de eso te hace feliz.

—No te veo muy contento –dije casi como chiste. Pero a Pantera le pegó el comentario. Estaba francamente deprimido, era algo insólito.

—Fíjese jefe, después de unos días aquí usted verá con sus propios ojos el problema.

—¿Cuál problema?

Pantera miró al suelo y luego al techo, como recordando.

—Cuando vivía El Comandante la gente estaba contenta. Era como que cada quién tenía lo que quería. Los revolucionarios como usted hacían sus negocios, la clase media tenía sus dólares de Cadivi y los pobres teníamos a Chávez, que nos hacía sentir importantes, aunque nos estuviésemos mordiendo un cable.

—Y ahora…

—Ahora hay dinero para los revolucionarios, no me voy a quejar. Pero la gente en la calle está en el chasis. Yo antes iba pa' los bloques y la gente me abrazaba. Ahora me miran con arrechera, me piden real para comer… El otro día vi a un vecino comiendo basura con su señora… Gente decente, jefe. A veces me provoca vaciar esta piscina, repartir los reales en el 23 y pegarme un tiro.

El tipo estaba más enrollado que pantaleta de puta, pero claramente tenía su punto. Yo siempre dije que la revolución era un asalto al país por voluntad de la mayorías, y que eso la convertía en una cultura. ¿Pero qué pasa cuando el pueblo ya no quiere a los asaltadores? ¿Qué pasa si los asaltadores dejan de repartir el botín y se lo quieren quedar para siempre, aunque eso implique matar al pueblo de hambre?

Sonó su celular y agarró la llamada. Escuchó una información y reaccionó…

—¡Ay coño! –dijo preocupado.

Colgó el teléfono y me miró con cierta paranoia.

—¿Pasó algo? –pregunté ocultando mi tensión.

—No, jefe, pasa que… se escapó Ledezma.

Según había leído en el briefing de la Goldigger, Antonio Ledezma había ganado las elecciones para la Alcaldía de Caracas hace unos años, y Maduro lo había metido preso en venganza.

—¿Se escapó pa' dónde? –repliqué.

—Pal' coño, acaba de cruzar la frontera con Colombia. Y un costilla mío era uno de los guardias que lo vigilaba. Se lo están llevando al Helicoide.

—Virga…

—Se puede poner caliente la noche, jefe, mejor vaya para su casa.

Pantera me entregó el maletín y pasó los próximos cinco minutos suplicándome que no dijese nada sobre los euros que vi en la piscina. Era como si, de repente, no confiara en mí.

Le dije que no se preocupara. Quedamos en vernos en unos días para hablarle de un business que yo estaba montando con una cementera, y me dijo que él, de entrada, quería meterse en lo que sea que yo le plantease, que contase con él.

Le di un fuerte abrazo y me despedí con nostalgia. El buen Pantera se había convertido en un millonario con depre que añoraba tomar su Power Ranger en los bloques del 23. Supongo que pronto descubriría el Prósac, iría a un psicólogo o a un coach de vida, a que le recetasen Flores de Bach.

Pero bueno, allá él, yo no tenía ni un par de horas en territorio nacional y ya estaba cien mil dólares arriba. Y así arranqué, contento, para mi casa…

Pero casi me da un infarto cuando llegué.

MI CASA BIEN EQUIPADA

Mi casa la diseñó Villanueva para una familia de cuatro o cinco personas. No niego que es muy grande para un hombre soltero como yo. Incluso en las noches que pasé ahí con Scarlet, se sentía vacía. Pero nunca imaginé que en ella podrían vivir más de siete personas, quizá ocho contando a la señora de servicio y al chofer. Pero bueno, cuando abrí la puerta me encontré con al menos cincuenta personas viviendo en ella. Tanto el vigilante como la cocinera, la masajista y el jardinero; todos mis empleados se habían mudado con sus familias. Cada familia había agarrado una de las cuatro habitaciones y había carajitos corriendo por toda la sala. Sonaba "La Vida es un Carnaval", de Celia Cruz, y una pareja de adolescentes, que yo no conocía, bailaba pegado haciendo sebo en el comedor.

Era evidente que todos tenían años viviendo ahí, pero aunque me hirvió la sangre de la arrechera, era difícil culparlos: Yo me había desaparecido. Hace media década que no pagaba sus salarios, ni se sabía nada de mí. Lo mínimo que podía hacer mi gente fiel era disfrutar de las instalaciones mientras yo regresaba. Si es que regresaba.

No quise caer en polémica. Les dije que tenían una semana para desalojar, y me fui.

Le pedí al chofer de Pantera que me llevase al Hotel Alba Caracas. Si me iba a meter en la boca del lobo, habría que dormir dentro de ella.

Tardé como media hora desde La Lagunita hasta los Caobos. Tenía el coco volteado; Pantera vivía como rico y mi casa era el nuevo 23 de Enero. Le pedí al chofer que pusiese 92.9 en la radio y se cagó de la risa. Me enteré que Maduro la había cerrado. A donde miraba encontraba más detalles como ese que hacían irreconocible a la ciudad en la que me crié.

Llegué al hotel y se me subió un poco el ánimo. Había gente de todo tipo en el lobby: Por un lado estaban los rusos, con sus comitivas oficiales que parecían de la mafia o de la KGB. Por otro lado los chinos de siempre, que ya habían aprendido a hablar español. Después estaban los Guerrilleros de las FARC, vestidos de civil y de lo más elegantes. Y al final, separados de todos, un grupo del medio oriente que supuse incluía turcos, sirios, libios, palestinos, libaneses e iraníes.

Por muchos años ese Hotel fue la sede del Caracas Hilton, una de las glorias de la Venezuela Saudita. El edificio había sido construido en el lugar donde quedaba la Seguridad Nacional de Perez Jimenez, uno de los ídolos fachos de Chávez, y por eso El Comandante le puso el ojo desde el principio. En el 2007 finalmente se lo paleó y lo rebautizó como Hotel Alba, y desde entonces se convirtió en residencia central para el alto mando de las FARC, Hezbollah y demás miembros estratégicos de la revolución. Incluso Ramiro

Valdés se residenció ahí por muchos años, mientras montaba el servicio de inteligencia Cubano-Venezolano.

Con casi setecientas habitaciones, no fue difícil que me dieran una, a pesar de no tenerla reservada. Le di unos reales adicionales a la jeva del counter y me dio una suite con vista a la piscina.

Me eché una ducha y me acosté un rato, pensando en lo complicado de mi nueva realidad: Antes de ser revolucionario, odiaba a la revolución. Al convertirme en uno, comencé a despreciar a la oposición. Pero ahora, ¿quiénes son mis aliados? ¿Me tenía que hacer pasar por revolucionario para complacer a la CIA, o tenía que hacerme pasar por agente de la CIA, frente a los gringos, para poder coronar con mis camaradas? Era un dilema existencial, y lo peor es que así estaba medio país: sin saber quién estaba con quién.

Encendí una vara que me dio Pantera y miré por la ventana. El hotel tenía dos piscinas. Puse atención y vi una vaina rarísima: Las piscinas estaban separadas por barreras de plantas ornamentales. De un lado estaban las mujeres y del otro los hombres. En el lado de los hombres habían algunas mujeres. Pero en el lado de las mujeres, todas eran musulmanas. Era como estar en un hotel en el Medio Oriente, pero en pleno corazón de Caracas. Obviamente decidí bajar a ver esa escena de cerquita.

Cogí el ascensor y llegué al nivel de la piscina y caminé con naturalidad, como si estuviese buscando a alguien. A mí alrededor, los sospechosos habituales del planeta se divertían, relajados, entre whiskys y té de menta…

Cubanos con norcoreanos, iraníes con bielorusos, etarras con chinos… La revolución había convertido a Caracas en la capital anti imperial que siempre soñó El Comandante.

—¿Juan? –me llamó una voz y sentí un escalofrío.

Carlos Avendaño… mi pana de la Universidad Metropolitana, mi pana de Procter & Gamble, a cuya boda había ido con Scarlet en la Quinta Esmeralda.

—¡Qué bolas, brother! ¡Tú sí estás perdido! –añadió.

El carajo estaba con dos chamos de la Metro, tomando vodka con un grupo de rusos. Yo no sabía si sonreírle o ponerme a llorar.

—¿Qué haces tú aquí, brother? –le dije sin poder disimular.

Se echó a reír y me explicó que se la pasaba ahí metido, y me presentó a sus panas y a los rusos. Después me invitó a caminar hacia la barra y pudimos hablar en privado.

—¿Te saliste de Procter? –le pregunté con genuina curiosidad.

Hizo un gesto de resignación sentimental y respondió:

—Esa vaina se fue de aquí hace rato, hermano. Yo no me quise mudar a las nuevas sedes en Panamá y en Seattle. Aquí tengo a mis viejos y no se quieren ir.

—¿Y estás haciendo negocios?

—Coño sí, brother. Uno se tiene que adaptar y la verdad es que hay muy buenas oportunidades. ¿Tú en qué andas?

—Tengo un proyecto con arena, pero necesito un contacto con una cementera local y, como tengo tiempo afuera, me vine a buscar socio.

—Coño yo de cemento no sé mucho, pero puedo preguntar.

—¿Has escuchado de una rusa llamada Natasha Sokolova?

—¿Prepago?

—No, bro, una dura que anda montada en un guiso precisamente de cemento.

—Ah sí, algo me suena de una jeva que he visto por ahí. Pero no la conozco.

—Si averiguas cómo llegarle te paso una vaina.

—Dale, seguro pana –dijo con una sonrisa –, da gusto verte bro, sabes que aquí hay mucho bichito, es bueno encontrar gente de confianza.

Miré alrededor tratando de entender esta nueva Caracas. Estudié a sus socios, y luego a él, y poco a poco fui teniendo una revelación que me dejó loco: En varios de los grupos que estaban por toda la piscina, había carajitos oligarcas de Caracas, chamos que antes nunca hubieses imaginado en estas lides; relajados, haciendo negocios, sin nervios, como si nada.

Era una imagen que no tenía sentido para alguien como yo, pues iba en contra de todas mis concepciones de la revolución. Además, le quitaba todo lo cool, todo lo emocionante…

—Y qué… ¿Tienes varios panas metidos en esto? –preguntó.

—Coño men, al que no se ha ido no le queda otra. Aquí todo el mundo se adaptó.

—¿En serio? ¿Tú me estás diciendo que hay un poco de chamos del Country metidos en la revolución?

—No queda otra, brother. Ya no hay industria, la empresa privada murió, nada que hagas en bolívares tiene sentido, y todos los dólares y los euros los tienen los rojos.

Eso sí no me lo esperaba. Una alianza revolucionaria con la oligarquía tradicional era impensable en mi época, el resentimiento social era la razón de ser del Comandante. ¿Cómo iban a unirse con los ricos de cuna?

—No te voy a caer a coba –continuó–, casi todo el mundo se fue. Como dos o tres millones. Yo prácticamente no tengo panas aquí. Pero lo que sí te digo es que los que están en Caracas y no están metidos en la movida, ya sea porque son idealistas o porque no se les ha dado, lo que están es mamando duro. Gente como uno, bro, pero pasando hambre que no te puedo ni explicar.

—¿Y quién te ayudó a entrar en este peo?

—Coño hay un pana que se llama Ratael Latraba, a lo mejor te acuerdas de él.

—¿Draculito? ¿El de la Católica?

—¡De bolas! El que guisaba con el Barça…

—Claro…

—Bueno, a ese bicho lo acaban de nombrar Gobernador de Carabobo, tiene rato súper conectado. Y él mismo te dice que le entres, que hay que sacar a los niches de la revolución. Hay una poco de panas que, bueno, son chamos bien y tal, y han entrado a través de él.

—Qué arrecho…

Sin duda era otra época. Me sentí extranjero en mi propia tierra, pero solo por un momento. La verdad es que yo tenía más en común con Avendaño que lo que había tenido con los analfabetas funcionales que rodeaban al Comandante. Aunque él era del Country y yo del Cafetal, estudiamos juntos y después trabajamos en la misma empresa; y eso nos hacía hermanos de clase social. Si la revolución había mutado para hacerse más inclusiva, pues mejor para todos. A mí Avendaño siempre me había parecido un carajo depinga y ahora que había renunciado a ser conejo, me parecía más depinga que nunca. De hecho subimos al cuarto y nos caímos a pases por un buen rato, recordando pendejadas, y hablando de negocios.

Me contó que estaba metido en la explotación del arco minero. Al parecer, su empresa sacaba toneladas de oro que los rusos se llevaban para vendérselas a los turcos en euros en efectivo. Un negocio completamente paralelo a la banca gringa y europea, por lo que no había riesgo de sanciones. Además mi vieja amiga, la Diputada Endragonada, le entregaba malandros que sacaba de las cárceles, y su empresa los ponía a trabajar en las minas.

—Ni siquiera les tengo que pagar, brother –dijo con orgullo–, porque son presos. Esclavitud a la antigua, hermano, si no trabajan, no comen. Y lo mejor es que los malandros son medio chavistas, así que te puedes desahogar con ellos y hasta echarles plomo cuando te acuerdas de la arrechera que te da toda esta vaina.

Sonaba a paja, honestamente. Eso de que haya esclavos en Venezuela, y que la revolución se los facilite a los oligarcas para que saquen oro, era imposible de aceptar. Pero lo más interesante era su visión de las cosas. A diferencia de la puta con postgrado, Avendaño no me veía como culpable de la debacle de la nación. Sus palabras transmitían una especie de solidaridad entre aquellos que se han visto obligados a guisar para sobrevivir, porque esas son las reglas del juego. Para él, la arrechera había que descargarla contra los que votaron por Chávez, así fuesen esclavos. Nosotros éramos víctimas del voto de las mayorías, y simplemente decidimos adaptarnos a la realidad.

A la mañana siguiente, el dólar ya estaba en setenta y tres mil. Sin paja, había subido de cincuenta y dos a setenta y tres en menos de una semana.

Pero lo mejor no era eso. Lo mejor fue que cuando bajé al bufete a desayunar recibí un whassup de Avendaño diciendo que, a través de la mafia del arco minero, había conseguido a la rusa, y podíamos cenar con ella esa misma noche.

MORCILLA EN EL ALAZÁN

La Goldigger me mandó el archivo de la CIA sobre Fernando Saab, el socio de la rusa. Daba escalofríos la vaina, no era un empresario del montón que se beneficiaba de los guisos revolucionarios, el tipo estaba en todo: Desde la creación de la red CLAP, con la que Maduro había lavado mil quinientos millones de dólares, hasta los acuerdos que Chávez cuadró con el presidente de Colombia, Juan Manuel Santos, para traerse a las FARC para Venezuela y pacificar al hermano país. La CIA tenía pruebas que implicaban a Saab como testaferro del propio Maduro, con contratos en oro, petróleo, construcción, carbón y medicinas, y como uno de los principales operadores de Hezbollah en la región. Estaba en el centro de la relación de Venezuela con Irán, y por eso su famosa fábrica de bicicletas, y su cementera Valle Hondo, eran de tanto de interés para EEUU.

Según el documento, Saab nació hace cuarenta y cinco años en As–Suwayda, una ciudad al sur de Siria, a la cual llaman "pequeña Venezuela" porque en ella habitan un cuarto de millón de venezolanos. Pensé que era un error, pues nunca había escuchado nada parecido. Imaginar que en Siria viven más venezolanos que en Miami me pareció absurdo. Pero de inmediato lo busqué en Google y vi que era verdad, hay una pequeña Venezuela en Siria y nadie lo sabe.

Pero el Comandante Chávez sí lo sabía. Si en la misma búsqueda de Google ves los videos, te aparece un discurso que dio el 4 de septiembre del 2009, que explica muchas cosas que todo venezolano debería comprender.

Lo cierto es que As–Suwayda no había sufrido por la guerra civil en Siria y la CIA la describía como una especie de Andorra, un paraíso sin ley, o con la ley a favor de quien la sepa mover.

Avendaño me pasó buscando en una camioneta Acura respetable y fuimos al restaurante El Alazán en Altamira, un clásico de la cuarta república que recientemente se convirtió en un centro de guisos revolucionarios. Afuera siempre se habían visto carros de lujo, pero ahora estaba full de Ferraris y Bentleys, hasta camionetas Masseratti.

Llegamos como media hora antes que la rusa, y después de años comiendo basura carcelaria gringa, yo me dispuse a devorar casi un litro fondo blanco de guasacaca. Hundir las arepitas, la yuca sancochada o la morcilla en esa mágica y misteriosa substancia que sin duda humilla al guacamole, y hace que todo sepa a patria, me erizó los pelos y me hizo pensar en mi mamá. Me puse sentimental. Toda mi infancia olía a guasacaca….

Estaba a punto de ponerme a llorar cuando entró la rusa. Era una tipa de treinta y pico, con el pelo castaño y los ojos amarillos, como Ana de Armas. Vestía un traje negro con una blusa turquesa de la colección de verano de Versace. Era un pelo más alta que yo y llevaba tacones, por lo cual tenía que mirarla hacia arriba. Hablaba perfecto español y con acento venezolano, sin duda tenía tiempo operando en el país. En ningún momento trataba de verse dura. Todo lo contrario, era tan amigable que uno quedaba desarmado, pero eso era lo que más intimidaba. No transmitía un aire sexual pero daba queso. Yo he tratado con mujeres fuertes, la Goldigger entre ellas. Pero esto era otro nivel. Se veía que tenía decenas de muertos encima.

La rusa pidió punta trasera y champaña rosada. ¿Quién coño toma champaña rosada? Se puso a contestar un par de emails en su celular, como para dejar claro que le sabía a mierda que yo la hubiese estado esperando. Y finalmente, después de que le trajeron su trago y se echó un palito, me preguntó:

—¿Qué lo trae por Venezuela?

Era duro estar en El Alazán y que una rusa te pregunte qué coño haces en tu tierra. Ella sin duda quería dejar claro que me había investigado, y eso la ponía por encima del chaborreo al que estaba acostumbrado en la revolución que conocí. Pero yo también venía preparado con un plan para entrarle:

—Tengo un contacto en Brasil que le vendía cemento a Odebrecht.

Me miró con cara rara, volteó a ver a Avendaño y le dijo riéndose:

—Mal comienzo.

Avendaño se rió también y me miró como si estuviera a punto de matarme.

—Calma –les dije–, el asunto no es con Odebrecht, sólo les estoy dando un poco de historia.

La rusa se reclinó a tomar champaña y escuchar sin interés.

—El tema es que los tipos tienen setecientas mil toneladas de arena que se les quedaron frías después de que explotó el peo de Lula, y no saben qué hacer con ellas.

—¿Y Odebrecht ya las pagó? –preguntó la rusa, un poco más interesada.

—Pagó una parte, la idea es negociar la otra.

—¿Y para qué quiero yo arena? –preguntó–. Aquí nadie está construyendo.

—No necesariamente para construir –respondí–, pero se rumorean unas elecciones presidenciales para el 2018, y a Maduro no le vendría nada mal inaugurar una cementera como Valle Hondo.

Al escuchar las palabras Valle Hondo, le cambió la cara. La vi pasar de la paranoia a la rabia, y de la rabia a un pequeño entusiasmo con sospecha.

—¿Y cómo sabe usted de Valle Hondo? –preguntó.

—Simplemente averigüé cuáles cementeras quedaban por inaugurarse desde que el comandante nacionalizó el cemento, y encontré la suya y pensé que le podía interesar.

Se bajó la champaña de un trago y me miró con lentitud, como midiéndome.

—¿Cuánto tiempo tiene en Estados Unidos? –preguntó.

—Voy y vengo desde hace muchos años.

—Pero entiendo que tiene rato que no nos visita.

—Un par de años, sí, he estado haciendo vida por allá y la verdad no se me había presentado la necesidad.

—Entiendo que se fue por un problema… con una banda delictiva…

Era difícil ser agente de la CIA utilizando mi propia identidad. Hubiese preferido que me mandasen a Afganistán, que tener que hablar de mi desgracia como parte de mi trabajo.

Afortunadamente, la rusa notó que era un tema difícil para mí y decidió cambiarlo:

—¿Le gustan los gringos?

—Los gringos no –dije–, las gringas.

Solté una carcajada pero ella no se rió.

—Las gringas son unas frígidas –dijo y se sirvió otra copa.

Yo mordí una yuca frita y la paloma se me paró un poquito.

—Usted sabe que yo no puedo entrar a Estados Unidos –susurró pausadamente.

—No lo sabía –respondí.

—Ya… Y ahora que lo sabe, ¿no le parece una estupidez para usted, que tiene intereses en el imperio, estar haciendo negocios con alguien como yo?

La miré con atención, agarré mi copa y me bebí la mitad, reflexionando.

—Pues posiblemente sí –dije con sinceridad.

A la rusa le gustó mi respuesta.

—Pero hay maneras de hacer las cosas –añadí –, mis socios en Brasil tienen ese inventario frío, están quebrados y les cuesta una fortuna mantener los depósitos. Si le soy sincero, yo no estoy dispuesto a asociarme formalmente con usted, pero una operación tan sencilla como esta, le puede dejar a cada lado unos cinco o seis millones de dólares; y el Presidente podría inaugurar su cementera con bombos y platillos.

A la rusa le cambió la cara. Ya no me miraba con sospecha sino con cariño.

—¿Usted conoce París? –preguntó para mi sorpresa.

—Menos que Madrid y que Londres, pero sí, conozco París –respondí.

—¿Entiendo que también conocía al Comandante?

Supuse que Avendaño le había dicho eso para cuadrar la reunión. La imagen de "antiguo amigo del Comandante" me daba cierto poder moral sobre toda la comunidad.

—Lo conocía –respondí con tristeza–, todo lo que lo pude conocer. Se nos fue muy pronto.

Se me quebró la voz y parecí sincero, en parte porque lo era. Extrañaba al Comandante. Sigo pensando que era un iluminado. Con errores, sin duda, como todo soñador. Pero nadie sino él pudo lograr que nos hiciésemos millonarios en tan poco tiempo, y esa vaina se agradece. Estoy seguro que si estuviese vivo nos guiaría por un mejor camino. Todo sería diferente si Sean Penn no le hubiese inoculado la enfermedad.

La rusa me estudió con nostalgia. Me dio la impresión de que había pasado un buen tiempo con el tipo y se sentía cercana a mí porque yo conocía su valor de primera mano.

—Si me puede mostrar documentación que garantice acceso al cemento que menciona –dijo–, me gustaría llevarlo el lunes a París, para discutirlo allá, en persona, con mi socio.

No mostré mucha emoción.

—El lunes –repetí, e hice como si revisara mentalmente mi agenda. Era viernes por la noche y yo no tenía más nada que hacer en la vida. Pensé que la Goldigger me podría facilitar documentación para sustentar la vaina. Y sí, también pensé que París estaba a un par de horas de Amsterdam… Y en Amsterdam estaba… ella.

—Deme un día para confirmarle, pero no creo que haya problema.

El lunes el dólar amaneció a ochenta y dos mil, y yo bajé a Maiquetía a montarme en el Falcon 900 de la rusa, rumbo a París.

ARPONEADO EN EL AIRE

—Eres un crack –dijo la Goldigger por teléfono cuando yo estaba llegando a la rampa cuatro.

—¿Tú crees que me presente a Saab? –pregunté.

—De bolas, imposible que te lleve a Paris para otra cosa.

—A lo mejor le gusté a la rusita.

—No creo.

—¿Por qué? –reclamé indignado.

—Esas jevas no tiran por gusto, no te hagas ilusiones.

—Está muy buena.

—Whatever, tú ahora te coges a lo que camine.

—Deja la alevosía que apenas tengo tres días en esto y ya te ubiqué al objetivo.

—Ni James Bond, Juancito. Gracias por hacerme quedar bien.

—Pásame más real a la cuenta, por si acaso.

—Déjame ver qué puedo hacer. A lo mejor te giro algo mío. Ya te mandé todos los documentos, incluso vainas de Odebrecht. Tremenda idea by the way.

El Dassault Falcon 900 es un avión francés comparable al Gulfstream IV, pero más eficiente y un pelín más espacioso. Yo nunca me había montado en uno. En los viejos tiempos me movía en un Challenger 300, que compartía con el testaferro de un pana. A los revolucionarios de mi época les gustaban las vainas gringas.

La rusa del Alazán no era la rusa que se montó en el avión francés. Es decir, era la misma tipa, pero ahora traía un vestido Yves Saint Laurent, y llevaba en la mano un sobretodo de Balmain. Había una rusa para el trópico y otra rusa para París. Tenía demasiada clase y me hizo sentir chaborro. Normalmente me hubiese lanzado sobre una hembra de este calibre pero ésta me tenía cohibido. Era una vaina rara, como si yo fuese la mujer y ella fuese el hombre. Quizá la cárcel me había mariqueado. Por más que sea, fueron seis años viendo puro tipo, al final ya sabía distinguir un hombre feo de uno hermoso.

Es muy arrecho estar en plena misión para salvar el mundo, y que tu mente esté ocupada en decidir si eres el hombre o la mujer de la pareja. Nada de eso, Juan. Póngase serio. La tipa lo que está es un pelo más elegante que tú, pero eso en París lo resolvemos.

Despegamos hacia Europa, a eso de las diez de la noche. La rusa abrió una Armand de Brignac Rosa imperial… Con estilo.

—Mañana van a meter presos a todos los directivos de CITGO –dijo como para impresionarme.

Yo sonreí, sin mostrar posición alguna.

—Es en serio –confirmó.

—¿Los gringos? –pregunté con indignación–, ¿qué quieren, una guerra?

La rusa sacudió su cabeza negativamente, despacito.

—La propia revolución los va a meter presos, por ladrones –sentenció.

Todo lo que decía parecía ponerme a prueba. Hasta donde yo sabía, la revolución nunca metía a nadie preso por corrupción, era uno de los lineamientos que nos dio Fidel para asegurar la fidelidad del gremio.

—¿Y eso por qué? –pregunté.

La rusa hizo un largo silencio.

—La cosa no está bien, amigo Planchard. ¿Sabía que Planchard es un apellido Francés?

—Sí, mis antepasados vinieron de Normandía. Pero hace mucho tiempo. Yo soy venezolano de pura cepa.

—La revolución está quebrada, no se pueden pagar las deudas. Somos varios haciendo lo posible por asesorar pero la realidad es que se lo roban todo. Es difícil ayudar a un adicto, y hay un problema de adicción en el alto mando.

—¿Cocaína?

—Ojalá fuera tan sencillo. Hay una adicción al dinero. En los cálculos más conservadores se habla de la desaparición de noventa mil millones de dólares en dieciocho años de revolución. Otros dicen que son cuatrocientos mil millones. ¿Quién necesita tanto dinero? No somos tantos entre los cuales se dividió el botín. Si usted se pone a sacar cuentas, la mayoría de los revolucionarios de nuestro nivel tenemos entre cinco y cuarenta millones. Son cifras razonables. Pero cuando se estudia a los que están más arriba, es completamente absurdo. ¿Sabe lo difícil que es llegar a noventa mil millones de dólares? Y además, ¿para qué? ¿Existe algo que no se pueda comprar con mil millones? Es un problema de adicción. Cleptomanía a una escala sin precedentes, en ningún país del mundo. Yo, personalmente, he cuadrado préstamos iraníes y he sido testigo de grandes negocios rusos que tienen una hoja de ruta y un proyecto de por medio; pero a los seis meses, no queda nada. Se lo roban todo. No es que no terminan las obras, es que no llegan ni a la mitad. A veces ni las comienzan. Así no se puede trabajar.

La tipa tenía razón, los números no mienten. Pero lo que más me llamaba la atención era su frustración. Uno siempre asume que los poderes extranjeros son parte fundamental de todo el guiso revolucionario, pero su arrechera hacía pensar que incluso las peores organizaciones criminales de la tierra, estaban horrorizadas con la corrupción venezolana.

—Y lo de CITGO, ¿sería como una medida para intentar controlar esa adicción? –pregunté curioso.

—El cincuenta y un por cierto de CITGO fue ofrecido a la banca norteamericana en garantía por una deuda que no se va a pagar. Cuando los bancos gringos entiendan que los reales no vienen, van a querer embargarla, y eso hay que evitarlo como sea pues sería un jaque para Venezuela. Nuestro plan es decir que la deuda la contrajo la directiva de la empresa sin autorización del país.

Yo no soy experto en banca internacional, pero me costaba creer que los bancos se tragarían esa cómica. Aunque también es cierto que con tal de recibir algo de los pagos de la deuda, aunque sea por partes, los bancos son capaces de aceptar cualquier locura.

—¿Usted está casado? –preguntó y yo me cagué.

—Estoy, digamos, separado.

—Bien –respondió con una sonrisa.

Se terminó de beber la copa rosada, la puso sobre la mesa, bajó la mano hasta llegar a su pantorrilla, y de ahí sacó un revolver Nagant treinta y ocho. Suspiró y me apuntó a la cara, y se quedó así por unos segundos.

Luego se puso de pie, caminó hacia mi asiento y se me montó encima. Me acercó su rostro y rozó mis labios con su pistola, pegó su boca a mi oído y me lo acarició con la lengua.

—Abre la boca –susurró.

Yo seguí instrucciones y sentí el cañón frío entrando entre mis dientes. Era una vaina muy rara, si me iba a matar no lo iba a hacer en su avión, por lo que no me cagué por completo. Pero revólver en boca es revólver en boca, hasta a la femme Nikita se le puede escapar un tiro.

La rusa me observó el rostro con detenimiento, como si lo estuviese desnudando con la mirada. Después se acercó y me lamió el labio inferior, al lado del arma. Bajó su otra mano y comenzó a desabrocharme el pantalón. Me sacó la paloma y yo mismo me sorprendí de tenerla parada. Había algo que funcionaba en la combinación de la piel dura de la rusa escultural sobre mi cuerpo, y la pistola dentro mi boca.

Se subió el vestido y con una habilidad que denotaba años de experiencia, se metió mi miembro en la cuca y me comenzó a cabalgar.

Yo básicamente estaba inmóvil, dando guevo y recibiendo pistola en un intercambio internacional equitativo, sin ningún chance de negociación, experimentando una mezcla muy arrecha de placer con miedo. Y la verdad es que me encantó. Pensé que uno siempre debería tirar a punto de morir. En general todo se debería hacer como si uno estuviese a punto de morir.

—¿Para quién trabajas? –me preguntó entre gemidos de placer. Sacó su pistola de mi boca para dejarme contestar, pero me la puso debajo de la barbilla, empujando mi cabeza hacia atrás.

—En este momento, para ti –dije y la hice sonreír.

Se bajó el vestido y me mostró unas teticas pequeñas pero preciosas. Se las mamé con cariño. Tenía los pezones del mismo color que el resto de la piel, casi sin areola. Se los mordí y le dolió, pero pareció gustarle. Me agarró la boca como para que no pudiera cerrarla y me fue pasando un pezón por todo el labio, recorriéndolo en forma circular. Después cambió de teta y me hizo lo mismo pero en dirección contraria. No pude aguantar más, le agarré ambos senos y me metí sus dos pezones en la boca. Me instalé a mamárselas por un buen rato y ella fue aumentando la velocidad de su cabalgata.

Le metí una nalgada y exhaló con intensidad. Poco a poco me iba dejando tomar el control, pero sin quitarme la pistola de encima. Le bajé más el vestido y descubrí que tenía cicatrices en el estómago. Pero no parecían de una operación, parecían cuchilladas callejeras. Se las tapó apenas notó que las estaba mirando.

Me armé de valor y me levanté, sin dejárselo de incrustar. Caminé y la puse sobre el asiento que estaba al frente y me la seguí cogiendo, pero ahora encima de ella. Le di un bofetón en la cara y después la besé. Me lamió con movimientos rápidos y cortos, como si estuviese imaginando que mi boca era una cuca y me la estuviese mamando.

Me puso la pistola en la sien y yo comencé a darle con todo, metiéndoselo lo más duro que podía. Finalmente fui sintiendo que tomaba el control. ¡El gran Juan estaba de regreso, no joda! ¡Firme y con maña, fuerte y con saña!

Entonces la jeva bajó la otra mano y acarició toda mi espalda hasta llegar a mis nalgas, y en un movimiento inesperado, que nadie me había hecho en la vida, me arponeó.

Así es, compadre. Mientras me cogía a la rusa más bella del mundo con una pistola en la sien, la muy hija de puta me metió el índice por ese culo y me desvirgó para siempre.

Y lo más heavy de la vaina es que me gustó. Pero no es que me gustó un poquito, es que en cuestión de segundos me hizo acabar con un orgasmo alocado que no pude evitar imaginar era el que sentían los maricos cuando recibían palo.

La jeva estaba lejos de llegar al orgasmo, pero no había nada que hacer, era imposible aguantarse para esperarla. Me había violado por la boca y por el culo, y no había acabado. Nunca antes me había sentido tan débil en el sexo.

Dejó la pistola sobre una mesa, al lado de la silla, como si ya me tuviese confianza. La besé por unos segundos y me acarició con cariño.

—No acabaste –reconocí con culpa.

—No te preocupes –susurró con tristeza–, yo nunca acabo.

La miré preocupado. Hizo unos segundos de silencio, pero después notó que mi curiosidad se mantenía. Me observó como evaluando si debía decirme lo que me quería decir, y soltó la frase post polvo más heavy que yo escucharía en toda mi vida:

—Estuve presa en Egipto y me mutilaron el clítoris.

EL BARCO DE SAAB

Al llegar a Paris, la rusa me trató como a un socio más, como si nada hubiese pasado. En una sola tirada me había traumatizado física y mentalmente, nunca más volvería a ser el mismo. Pero para ella no fue más que una transacción.

Nos llevaron al hotel Royal Monceau, un clásico renovado por Philippe Starck. En París todo es medio gay, y eso me ayudó a estar en paz con la pérdida de mi virginidad anal.

Quedamos en vernos en el lobby en la noche, para ir a cenar con su socio. Subí a mi habitación y mientras me duchaba, me llené de tristeza. Uno siempre piensa en sí mismo pero nadie imagina cómo sufren los demás. Había escuchado sobre la ablación genital de mujeres en países de mierda, pero que se lo hiciesen a una chama civilizada, y a modo de tortura, era un horror inimaginable. ¿Qué tipo de enemigos había encontrado Natasha en Egipto? No podía pensar en otra cosa, lo que debe haber sido para ella ese momento. Toda su amargura nacía de ahí, esa dureza que la hacía tan atractiva era puro dolor y pura ausencia. Estaba incapacitada para sentir placer, yo no podría imaginar una desgracia mayor. Para qué coño quiere vivir uno si no es para sentir placer.

Inevitablemente toda esta diatriba me puso a pensar en Scarlet. Yo en París, ella en Amsterdam. Estábamos a cinco horas en tren, a una hora y pico en avión. Es cierto que yo tenía un chip en el culo y la Goldigger me lo había prohibido, pero coño, estaba tan cerca. Podría darle la vuelta y justificar el viaje, aunque sea para espiarla de lejos, a ella y a la niña, su hija, ¿mi hija?

Salí del baño, me vestí, metí en la caja fuerte los cien mil dólares que me devolvió Pantera, bajé al business center para que la CIA no monitoreara mi computadora, y me puse a tratar de ubicar a Scarlet en internet.

No era fácil manejar Google en francés para buscar páginas de direcciones en holandés. Pero, después de un par de minutos, logré volver a su perfil de Facebook. Otra vez miré sus fotos y la foto de la niña. Me metí en su Instagram y pasé como media hora enfermo viendo a Scarlet. Era una sensación indescriptible. Si cuando la conocí me sentía solo, cómo me podía sentir ahora que lo había perdido todo. Mis padres habían sido asesinados. No tenía hermanos. Mi única amiga era mi jefa. No existía ninguna relación afectiva en mi vida. Me había convertido en un robot. Lo único que quedaba en mi alma, que aún estuviese vivo, era su recuerdo, su piel, su furioso e insaciable deseo sexual y su inteligencia infinita.

Sin darme cuenta mis lágrimas comenzaron a bañar mi rostro. Mis dedos temblaron al acariciar el teclado para pasar de una imagen a la otra, como si en ellas estuviese todo lo que me faltaba. Mi vida no estaba en París persiguiendo fortunas, héroes o criminales… Mi vida estaba en ella… Con ella…

Para ella… Así fuese lo último que intentase, tenía que tratar de reconquistarla.

58 de la calle Lijnbaanssteeg, la dirección apareció en las páginas blancas, sencilla, corta, poética. La busqué en Google Earth y me ubiqué en el mapa. Conozco bien Amsterdam. Por muchos años me acercaba allí durante el fin de semana del cumpleaños de la reina, cuando todos los holandeses se vestían de anaranjado y las calles se hacían peatonales para rumbear. En mi opinión es la mejor fiesta urbana del planeta.

El edificio de Scarlet quedaba relativamente cerca de la estación central. Tenía que encontrar la manera de acercarme. Verla de lejos. Respirar el mismo aire que salía de sus pulmones. Seguirla. Saber qué hizo con mis reales. Al final se lo llevó todo, la muy hija de puta. Todo el cash, todas la propiedades. Era mi esposa, por más que sea, debe haber sido una mantequilla para ella poner todo a su nombre. ¿Pero lo habrá reinvertido? ¿Vivirá con un hombre? ¿Con el padre de esa niña? ¿O era esa niña su sobrina? Hay muchas jevas que publican fotos en Facebook con niñas, como si fueran sus hijas, pero al final no lo son. Había que averiguarlo todo.

Se hacía tarde y me tenía que alistar para la cena. Sabía que no le podría ganar a los franceses si me vestía con alguno de sus diseñadores locales maricones, necesitaba el apoyo de un italiano. Me fui para Ermenegildo Zegna y ahí me hicieron un traje de tres lucas, no muy ostentoso, que reflejaba un tono azul eléctrico. Me lucía, sabía que dejaría a la rusa pidiendo chicharrón.

Bajé al lobby y me recibió un chofer con una nota de Natasha que decía que ella y su socio me esperarían "en el barco". Me pareció buena señal y me fui con el tipo.

El barco en cuestión se llamaba "*Inclusion Sociale*" y estaba en el Port de la Bourdonnais, al lado de la torre Eiffel. Hacía un frío del carajo, pero eso le daba aún más caché a la vaina. De hecho pensé que no sólo Planchard sino también la palabra caché venía del francés. A lo mejor yo tenía más en común de lo que imaginaba con esta tierra de jevas orgiásticas y galanes con tufo.

Afuera del barco, unas modelos africanas tenían una lista. Mi nombre estaba pero como Jean Planchard. Pensé que era buen nombre para un espía: Jean–Marie Planchard. Avisaron por walkie talkie que había llegado, recibieron una instrucción y me pidieron que esperara ahí, pues me venían a buscar.

Miré alrededor y vi, en la entrada del muelle, una pared con el rostro del Ché Guevara sobre la bandera arcoíris del orgullo gay. Me dio paja el Ché, por más que sea, pasó toda su vida fusilando maricos y después de muerto lo convirtieron en símbolo gay. Eso se llama karma, mi pana.

Al minuto llegó Natasha, me miró el traje italiano e hizo un gesto de aprobación. Me dio un abrazo y un beso en la frente como para seguirme humillando:

—Vamos de una que el gentío está llegando y se nos va a distraer el hombre.

La seguí por unas escaleras hacia abajo, y entramos a una especie de recepción, con una pequeña tarima en la que me pareció ver a Manu Chao probando sonido. Era un barco antiguo para navegar ríos de París, con espacios para rumbear y paredes blancas en las que se proyectaban clásicos del cine de propaganda soviético. Había como cien invitados. Algunos parecían arroceros, pero la mayoría tenía pinta de ser gente importante.

Pasamos por un pasillo, y una caballota con el pelo teñido de amarillo y pinta de venezolana, me ofreció una champaña. Se la acepté y vi que estaba en traje de gala con una banda que decía Miss Zulia, igual a las que les ponen a los culos en el Miss Venezuela. Natasha me hizo señas de que no me detuviese y la siguiera, y así lo hice, pero a medida que avancé fui notando que todas las mesoneras de la fiesta tenían bandas del Miss Venezuela: Miss Guarico, Miss Amazonas, Miss Miranda... Un poco de hembras de un metro ochenta, ofreciéndole champaña y pasapalos a los invitados, con sonrisas enormes que irradiaban alegría, sus narices operadas de la manera que le gusta a Osmel, y esa cadencia particular con la que caminan después de meses de entrenamiento y de hambre. Me tomó un minuto comprender la vaina, pero estaba clarísimo: no eran unos culos locales que habían disfrazado de Misses, eran las fuckin concursantes del Miss Venezuela en persona. Cualquier venezolano se hubiese dado cuenta inmediatamente.

Al final del pasillo, Natasha le ordenó a unos guardias de seguridad enormes que me dejaran pasar. Me revisaron por todos lados, sin delicadeza, y me dirigieron hacia unas escaleras en espiral.

—Por aquí –señaló Natasha y comenzó a bajar.

Al final de las escaleras había dos guardias más, y me volvieron a revisar. Esta vez me pidieron el pasaporte y se lo dieron a otro guardia que le tomó una foto y lo chequeó en una computadora. Finalmente me lo devolvieron y nos dejaron pasar. Caminamos por un pasillo, llegamos a donde un mayordomo que saludó a Natasha con un gesto, y nos abrió una puerta de caoba negra.

Llegamos a un salón privado, oscuro, elegante, sin música. En el centro había una mesa redonda de mármol con un busto de Lenin tallado en la piedra. Saab estaba sentado con Miss Monagas de un lado y Miss Dependencias Federales del otro. Era un tipo elegante y carismático, con un traje blanco de John Galiano, el cabello engominado hacia atrás y un habano Rey de Dinamarca en la boca. Cuando entré me pareció que lo sorprendí metiéndole el dedo a Miss Dependencias Federales, bajo la mesa. Pero aparte de ese detalle, se notaba en completo control de la situación.

—Juan, conoce a Fernando Saab; Fernando, conoce a Juan Planchard –dijo Natasha, un poco nerviosa.

PARÍS SIN DUDAMEL

Saab se sacó el tabaco y lo dejó reposar sobre la pequeña corona dorada con la que vienen los Rey de Dinamarca. Se puso de pie, me sonrió, me ofreció su mano y dijo con un acento extraño, entre Sirio y Colombiano:

—Bienvenido a París, hermano, gracias por venir.

—Al contrario, gracias por la invitación.

—Siéntese por favor.

Natasha le hizo un gesto a las Misses para que piraran, y ellas obedecieron. Cerró la puerta tras ellas y nos quedamos solos los tres.

Saab sacó una botella de coñac LOUIS XIII y me sirvió en un vaso de cristal.

—¿Conoces el Louis XIII? –preguntó.

Yo lo miré con calidez y respondí:

—Lo conozco de vista.

Se rió sabroso, como si mi respuesta fuese suficiente para agarrarme cariño. Le sirvió otro vaso igual a Natasha, y se sirvió uno para él.

—Casi cien años tiene ese coñac en esta botella – dijo–. Imagínate eso nada más: un grupo de franceses en 1921, en la ciudad de coñac, trabajando con todo el cariño del mundo pensando que alguien, un siglo después, apreciaría su obra maestra.

—Increíble –comenté–. ¿Cien años tiene, de verdad?

—No le miento –dijo y mostró la fecha en la botella.

—Nunca lo había pensado de esa manera. Qué belleza –exclamé con sinceridad.

Saab era muy filosófico y caluroso, uno sentía que lo conocía desde hace años y que fácilmente se podría hacer su amigo; pero a la vez era obvio que, si te equivocabas con él, te mataría despacio, escuchando música clásica, con una hoja de acero de Damasco.

Levantó su copa para brindar:

—¿Entonces tú eres el que nos va a ayudar a tapar el uranio con el cemento?

Natasha se frikeó al escuchar semejante frasesita, pero yo fingí demencia:

—Aquí estamos para servirle, maestro.

Apenas mojé los labios en el Louis XIII, entendí que todo lo que había bebido en mi vida anterior era agua sucia. Ese es el problema con el dinero, no te hace feliz pero te quita la tristeza.

—Yo no te conozco, ni a ti ni a nadie que haya hecho negocios contigo –advirtió –, pero Natasha habla bien de ti.

—Me alegra mucho –dije genuinamente sorprendido.

—¿Tu parles français?

—No, lamentablemente.

—Planchard es francés.

—Yo sé, pero yo soy Venezolano.

—Lo siento mucho –dijo y yo intenté tragarme la arrechera, pero se me notó –. No se ponga así. Yo también técnicamente lo soy, y no por eso me siento poca cosa.

Era extraño su tono, como si asumiera que ser venezolano fuese una vergüenza, y no tuviera ni que explicar por qué. Creo que de hecho interpretó mi reacción como arrechera por ser venezolano, no como arrechera por lo que había dicho.

—Yo estoy muy orgulloso de ser Venezolano –dije, y Saab soltó una carcajada, seguro de que lo estaba jodiendo.

—Venezuela es El Dorado –proclamó–, y si algo hemos aprendido los sirios es que a El Dorado no se llega sin indios. ¿A cuánto vende el cemento?

Supuse que se refería a la leyenda de El Dorado y que me estaba diciendo indio a mí, a Jean–Marie Planchard.

—Quince millones y medio por las setecientas mil toneladas. Es lo que cuesta.

Hizo una pausa y sacó números mentales.

—¿Y cómo se maneja el envío?

—Los brasileños me lo dejan en la frontera, en Santa Elena de Uairén… De ahí en adelante, en Venezuela, podríamos utilizar al ejército.

—Ni que fuera cocaína –dijo y se cagó de la risa.

Yo también me reí.

—Digamos que por envío son cinco millones más y yo me encargo de eso –añadió relajado–, páseme factura por veinte millones. Pero eso sí, se lo pagamos en bitcoins.

En la cárcel había escuchado sobre el bitcoin, a los presos les encantaba, pero yo nunca entendí qué era, y Saab se dio cuenta.

—¿No maneja bitcoins? –preguntó preocupado, y miró a la rusa.

—Lo manejo, maestro, pero no para cantidades como esa.

—Pues bienvenido al siglo veintiuno. Ya el bolívar no existe y el dólar es muy complicado. Rublos o riales no creo que quiera y en euros no le voy a pagar. Ahora vaya y disfrute que reservé a Miss Monagas para usted. Y no olvide que con nosotros su palabra importa más que cualquier cosa.

—No se preocupe, ha sido un placer –dije y me levanté.

Natasha me hizo un gesto de complicidad y salimos de la habitación.

—¿Cómo lo vez? –le pregunté cuando ya estábamos afuera.

—Perfecto, le caíste bien.

Me guió por un pasillo y me abrió la puerta de un cuarto. Entré y vi a Miss Monagas sentada en la cama, lista para ser cogida. Natasha me miró con una sonrisa:

—Dale tranquilo y con calma, y ahora que salgas hablamos. Bienvenido a la familia.

Comenzó a cerrar la puerta, pero yo la detuve.

—¿Qué es esto? –pregunté molesto.

—¿Qué es qué? –replicó sorprendida.

—No ando pendiente de tirar aquí –dije con firmeza.

—Te están brindando una niña preciosa, ¿te vas a negar?

Me hablaba con un tono amable pero amenazante.

—Yo no junto los negocios con el sexo –respondí con seriedad, y se cagó de la risa.

Miré a Miss Monagas y a su cuerpo escultural, esperando pacientemente con sonrisa de primera finalista. Pero no le quería echar un polvo, estaba demasiado nervioso y la chama estaba actuando como una esclava sexual. Yo nunca he tenido peo con la prostitución, pero esto estaba más allá. Y era una Miss, coño, tampoco así. Venezuela se respeta.

—De pana que no –le dije a Natasha –, está bella la niña y todo, pero no quiero tirar obligado, y además… nosotros acabamos de tener un momento muy especial.

La rusa pareció estremecerse por mis palabras, y en el frío habitual de su rostro se asomó cierta inocencia. Por primera vez pude visualizar a la niña llena de ilusiones que había sido alguna vez. Para ella el sexo se había convertido en algo mecánico, en una simple herramienta de interrogatorio. No estaba acostumbrada a que alguien le dijese que lo que había vivido con ella era especial.

—Como quieras –dijo y abrió la puerta.

La miré con cariño, sin tratar de seducirla. Más allá del aroma a crimen que impregnaba todos sus movimientos, era imposible para mí olvidar su historia, y eso me hacía capaz de perdonarle cualquier cosa. Pienso que se dio cuenta y lo agradeció. Le agarré la mano, como para recordarle que en mí tendría siempre a un amigo, y bajó la mirada. Parecía confundida, como si sintiese que todos sus años de entrenamiento le estuviesen fallando conmigo.

Salí de la habitación, la tomé de la mano y la traje detrás mío hasta llegar a cubierta. La fiesta se había llenado y estaba prendida. Manu Chao cantaba en vivo: "Me gustan los aviones, me gustas tú". Pero nadie bailaba, casi todos parecían estar hablando de negocios, aunque todos tenían pinta de comunistas.

—¿Quién es toda esta gente? –le pregunté a Natasha.

Ella miró alrededor.

—La crema y nata de la revolución del siglo veintiuno –respondió, con orgullo.

—¿En serio?

Natasha me sonrió con ternura, como si parte de lo que le gustase de mí fuese mi ingenuidad. Movió el rostro y apuntó a tres caballeros muy elegantes:

—Esos tres británicos que ves ahí son Jeremy Corbyn, George Galloway y Ken Livingstone. Ellos son los que cuadraron con El Comandante el guiso de la gasolina gratis para los buses de Londres. Chávez les dio treinta millones de dólares para ese programa, y esa apenas es la cifra que se anunció. Lo que les pasó en comisiones y financiamiento indirecto debe ser al menos diez veces esa suma, pues logró convertir a Corbyn en líder del Partido Laborista, el principal de oposición británica. Y si todo sale bien, puede que sea el próximo Primer Ministro del Reino Unido.

—Una vainita…

—Ese que ves ahí es Juan Carlos Monedero, el operador principal del chavismo en España…

—¿Y Pablo Iglesias?

—Ya debe venir por ahí.

Me señaló a otro grupo:

—Esos que ves junto a tu embajador Isaías Rodríguez, son los capos del Movimiento Cinco Estrellas de Italia. Se le ha ayudado mucho desde su fundación, y tenemos fe en que entrarán a la coalición de gobierno el año que viene. No son tan de izquierda como quisiéramos, pero manejan los sindicatos y eso en Italia es oro.

Se me había olvidado Isaías, qué bolas.

—Detrás de ellos –continuó– ves a López Obrador. La revolución se ha gastado una fortuna en él, con la esperanza de que algún día gobierne México. Yo creo que es un idiota y una pérdida de capital, pero tiene socios en común con Maduro y eso tiene sus ventajas.

—¿Quién es el que está con él?

—El de la derecha es Ignacio Ramonet, uno de los intelectuales franceses que más negocios montó con Chávez; y el de la izquierda Jean-Luc Melenchon, el Pablo Iglesias de Francia.

—Por ahí también veo a Zapatero.

—Correcto, y esa que está con él es Florencia Kirchner.

—¿La loquita gótica esa?

—Cuidado con lo que dices, puede que sea la más rica de todo el barco.

Nunca se podrá poner en duda la capacidad que tuvo El Comandante para crear una red de poder internacional. Todos parecían conocerse y tenerse cariño. Incluso los que menos pintaban parecían intelectuales de esos que sí saben sobre Marx, y sobre la importancia que tienen las alianzas entre los trabajadores.

Natasha y Saab no eran chaborros de Barinas, eran verdaderos profesionales, formados en las mejores escuelas de París, Moscú y Teherán. Se veía que se rasparían hasta a sus madres sin pensarlo, y que se movían en peos que podían desatar guerras nucleares: "Tapar el Uranio con cemento", había dicho el tipo. Yo no estaba seguro de lo que significaba, pero sonaba a confesión de crimen frente a un agente de la CIA.

En ese momento entró el demente de Pablo Iglesias.

—Joder, Juan, ¿cómo has estado? –me dijo y me abrazó.

Natasha me miró sorprendida por el calor con el que me saludaba Pablito. Ella ya me estaba agarrando confianza, pero en ese momento entendió que sería un error subestimarme. Yo no era ningún recién llegado.

Conocí a Pablito cuando era un humilde profesor de la Complutense, y se la pasaba viniendo a Caracas a plantear la formación de un frente revolucionario en España. Pero nadie le paraba mucha bola. La revolución tenía una relación estrecha con Rodríguez Zapatero; quien había llegado al poder gracias a que Irán se voló los trenes de Atocha tres días antes de las elecciones del 2004. Pero a mí a veces me encasquetaban a Pablo porque al tipo le gustaban las pepas y yo estaba súper conectado con los raves de Huguito, el hijo del Comandante. Al final Pablito se hizo pana de Huguito, y lo jodió tanto que le sacaron un chequecito. Lo pusieron en contacto con los iraníes y entre todos le financiaron un partido político que todavía no había llegado muy lejos, pero cada vez se acercaba más al poder.

—Conoce a mi amiga Natasha –dije y la señalé.

Pablo le estrechó la mano, con respeto.

—Un placer, Pablo Iglesias.

—Natasha Sokolova.

—Joder, qué gusto. He escuchado mucho de usted.

—Espero que nada bueno.

—Solo lo bueno.

—¿Y ustedes de dónde se conocen? –preguntó Natasha.

Su presencia ponía nervioso a Pablo, claramente ella estaba más cerca que él del centro de poder.

–Pablo tiene –contesté– desde el dos mil siete diciéndome que llegará a ser Primer Ministro de España.

Natasha se rio y Pablo se sonrojó, pero de inmediato replicó:

—Llegaremos, os juro que llegaremos y más pronto de lo que creéis.

—No lo dudo –respondió Natasha.

—Hablando de duda –le pregunté a Pablo, cambiando el tema para ayudarlo–, ¿no has visto a Dudamel?.

—Dudamel se volteó, tío –dijo con molestia.

—¿En serio?

—Sí, tío, el año pasado en las protestas, ¿que no le habéis pillado?

—No, la verdad estaba en otro peo.

—¿Qué otro pedo?

—Una vaina personal.

Pablo miró a Natasha buscando aprobación, pero ella volteó hacia otro lado, sin interés.

—Pues sí –añadió Pablo–, lo perdimos al muy traidor. Supongo que no aguantó la presión en el imperio.

Nadie le daba tanta legitimidad internacional a la revolución como Dudamel. Perderlo era como perder el alma. ¿Qué demonios había hecho Maduro para perder a Dudamel?

—¿Y Maradona? –pregunté.

—Maradona sigue con nosotros.

Era un alivio. El día en que se voltee Maradona se acabará el sueño.

—Los dejo, queridos –dijo Natasha y comenzó a despedirse.

Recordé que en los raves caraqueños no había peor espanta culos que Pablo Iglesias. Entre el dragón y el acento gallego, era terrible rumbear con él.

—Te llamo mañana –susurró Natasha y se fue hacia el interior del barco, supongo que a ver a Saab.

Me saqué a Pablo de encima lo más rápido que pude, y me di una vuelta más por la fiesta, haciéndome el guevón para salir del barco. Les eché una última mirada a todos, como para que no saliese nunca de mi memoria ese mapa del mundo real, y me entró una sensación rara. Toda esa cuerda de bichos se habían hecho millonarios gracias a Venezuela.

Sentí que si Jean–Marie Planchard pusiera un explosivo en ese barco, se salvarían millones de vidas venezolanas.

Quizá la CIA se me había subido a la cabeza o me había lavado el cerebro. Quizá me había poseído el espíritu de Bolívar, quien con un ejército de esclavos se fue a la guerra para dejar de pagarle impuestos a los europeos que explotaban nuestra tierra. "El Dorado my ass" había dicho Bolívar y ahora lo digo yo. Venezuela se respeta. Y lo que sea que tenga que hacer todo venezolano para sacar a estos lambucios de nuestra tierra, está justificado.

Pasé por el hotel, me eché un baño chola, me vestí y me fui directo al aeropuerto para agarrar el próximo vuelo hacia Amsterdam.

AMSTERDAM SIN HONGOS

Aterricé en Amsterdam cuando amanecía. Cogí el tren del aeropuerto a la estación central y salí a caminar por el Damrak, mientras la ciudad despertaba.

Tenía demasiados recuerdos de Amsterdam. Hace unos años era para mí una especie de Meca a la cual ir a rumbear, drogarse y coger catiras a precios razonables. Papas con mayonesa y tres comidas chinas al día, shows de sexo en vivo en las noches y, a veces, cuando uno se sentía cultural, meterse unos hongos alucinógenos para ir al Museo Van Gogh. A mí no es que me guste el arte, pero Van Gogh en hongos es otra vaina. Girasoles que dan vueltas y te observan. El tipo no hacía cuadros para que uno los mirara sino para que los cuadros lo miraran a uno. Y todo lo hacía con hongos, pues en Holanda siempre han habido más vacas que personas, y drogadicto que se respete sabe que donde hay mierda de vaca hay hongos. Por eso la gente de Mérida siempre está contenta. Si usted nunca ha probado hongos alucinógenos hágase un favor y los prueba. La vaina no sólo te saca de control y te pone a reír por cinco o seis horas, sino que además te desenrolla el coco como por tres meses. Es imposible deprimirse por un trimestre entero después de meterse hongos, el que me consiga algo en el mundo que tenga un efecto comparable, que me lo venda.

Pero en Amsterdam ya no venden hongos legales. Los locales se obstinaron de ver a los turistas gringos riendo fuera de control, y decidieron guardarse ese tesoro para ellos mismos. Lo que sí es legal todavía es el monte. Los famosos Coffee Shops siguen funcionando sin misterio y con estilo para todos los gustos. Hay uno al salir de la estación central llamado "Central", que abre a las siete de la mañana. Me fui directo y me sorprendió ver que estaba bastante full, pero no de turistas sino de gente que venía a darse un toque técnico antes de ir a trabajar.

Me pasaron el menú y cuando me vieron indeciso me recomendaron una híbrida predominantemente Sativa llamada Mako Haze, que había ganado hace unos años el Cannabis Cup como mejor monte para comenzar el día. Me faché una vara delgada y seguí caminando por el Damrak mientras me la fumaba.

Era una nota medianamente eufórica sin paranoia, ideal para superar el trasnocho y prepararme para lo que podía ser el reencuentro más importante de mi vida.

Fui caminando lentamente, planificándolo todo. Obviamente no podía permitir que Scarlet me viera. Pero había que encontrar la manera de verla salir de su casa. Lo primero era quedarse afuera, esperando, pero si no salía la muy perra habría que mandarle una pizza o algo por el estilo.

Me compré un pasamontañas con tapaboca, no sólo por el frío sino también para tener con qué cubrirme el rostro, en caso de que la vaina se pusiese chiquita.

Me dirigí lentamente al 58 de la calle Lijnbaanssteeg, que estaba a pocos minutos de la estación. Al rato entré en el turbo que da la mezcla del THC con el frío, reflexionando sobre mis pasos y el absurdo de toda la misión. La jeva fijo ya estaba casada por la Iglesia y apenas se acordaba de mí. Pero tenía que verla. Era más fuerte que yo. Hay elefantes nómadas en Africa que, durante las sequías, caminan por kilómetros hasta llegar a un lago. Nadie entiende cómo saben llegar a ese lago, pues nunca antes han ido. Y la respuesta que da la ciencia, es el instinto. Algo le dice a esos putos elefantes que si caminan kilómetros en esa dirección encontrarán agua. Y lo mismo me pasaba a mí. No había manera de racionalizar mis acciones, pero mi instinto me decía que tenía que venir a verla.

Fui bajando por la calle Lijnbaanssteeg y, un pelo antes de la casa de Scarlet, encontré una panadería llamada Amour Bakery. Así es mi vida, un fuckin cliché recién salido de una novela de Leonardo Padrón, en la que frente a la casa de la protagonista hay una panadería llamada Amour.

Entré y pedí un croissant de chocolate, para bajar la moncha. Me estaba por sentar en la barra a esperar que me lo calentaran, cuando una niña de unos seis años me tocó la espalda para llamar mi atención:

—Debería pedir el croissant de almendra –dijo en perfecto inglés–, es mucho mejor que el de chocolate.

La niña vestía uniforme escolar y pude notar en su suéter un sello de la Escuela Británica de Amsterdam. Era rubia, tenía dos crinejas y los ojos verdes esmeralda. No pude reconocer su acento, pero pensé que ninguna niña gringa le hablaría con esa confianza a un extraño, a menos que tuviese mucho tiempo viviendo en Europa.

Cuando vio que me quedé pegado mirándola chasqueó el pulgar con el dedo índice para despertarme. Me reí y le hice caso, cambié mi orden y pedí el croissant de almendra.

—A lo mejor debería pedir también un café –dijo con picardía.

Le hice caso y pedí un café. Sonrió orgullosa al ver que yo seguía sus instrucciones. Le pregunté si quería algo y me respondió con seriedad de adulto:

—De querer, quiero muchas cosas, pero mi mamá tiene una cuenta aquí y sólo me puedo llevar un croissant. Gracias.

Le dijo un par de vainas a la holandesa que nos atendía, y me dejó completamente loco cuando… ¡recibió el croissant de chocolate! ¡El que yo había pedido antes! ¡El último que quedaba! Me había recomendado el de almendra para que no le quitara el de chocolate… la muy ratica.

—Mañana puede pedir el de chocolate si quiere –dijo y me picó el ojo, por si no me había quedado claro que me estafó.

Abrí la boca asombrado, riendo con admiración por las habilidades de la pilluela. Ella me miró con orgullo y se despidió con un legendario:

—Welcome to Amsterdam.

Se dio la vuelta y salió del restaurant. Yo la seguí con la mirada, fascinado por la facilidad con la que me había malandreado. Cruzó la calle, le pegó un par de mordiscos al croissant de chocolate y lo puso dentro de la cesta que guindaba del volante de una bicicleta rosada. Abrió el candado de combinación que amarraba su bici a un poste. Se puso unos audífonos inalámbricos plateados, buscó en su celular algún track musical, y le dio play. Agarró el croissant de chocolate, le dio otro mordisco… Y ahí fue que, a su lado…

La vi…

Mi sueño…

Mi pasión…

Mi destructora…

La culpable de mi tragedia y mi única posible salvación: Scarlet… se paró frente a la niña del croissant… Le arregló el uniforme, le apretó las crinejas, le limpió el bigote de chocolate que recién se le había formado…

Vestía un abrigo de lana azul turquesa, unos denim nevados, unas botas peludas rosadas, una bufanda negra… Estaba a diez metros de mí. Con acercarme un poco podría tocarla. Apenas la vi olvidé todo lo malo y recordé su cariño, el sentido que todo cobraba al estar entre sus brazos. La tenía… tan cerca… era como una aparición… mi amada, tan bella como antes, gozando del dinero y de la libertad que me robó. Mi Scarlet, la de siempre pero ahora con una hija, una niña que aún sin conocerme ya me había estafado, que se llamaba Joanne y tenía una edad que hacía sospechar que quizá… Tan solo quizá… De nuestro amor infinito había quedado algo más que el recuerdo.

Scarlet se montó en otra bicicleta y abrió el candado de combinación que la amarraba al poste. Le dio un casco a la niña y se puso otro. Le preguntó si estaba lista, en inglés. Y al escuchar que sí, arrancaron las dos, en bicicleta, calle abajo.

Yo salí tras ellas como hipnotizado. Ni siquiera me tapé la boca con el pasamontañas. Si Scarlet se hubiese volteado en ese momento me hubiese reconocido de inmediato, y parte de mí quería que así fuera. Que me saludara. Que me abrazara y me preguntara cómo era posible que estuviese allí. Que me pidiese explicaciones y yo le contase las vainas locas que me estaban pasando, y le dijese que si lo que quería era todo mi dinero, tan solo me lo hubiese pedido y yo se lo hubiese dado.

Aumentaron el ritmo y yo aumenté mi paso al perseguirlas. La ruta de las bicicletas en Amsterdam es casi tan importante y concurrida como la de los carros. Pensé en palearme una bici, pero todas estaban encadenadas.

Se empezaron a alejar de mí, y yo entré en desesperación, como si se me estuviesen escapando para siempre. Así fue que mi instinto otra vez superó a mi razón, y arranqué a correr tras ellas, a toda velocidad.

Había pasado seis años preso, soñando con este momento. Nada ni nadie podría detenerme. Corrí con desenfreno, con euforia, con furia. Corrí con alegría, con toda la fuerza que me daba mi cuerpo…

Pero no había avanzado ni quince metros cuando una figura de dos metros, con un sobretodo negro, me tackleó y me metió empujado a un carro.

El carro aceleró y el tipo se me sentó encima. Sacó una jeringa y me clavó la aguja en el cuello.

En un par de segundos me quedé dormido…

MI SUEÑO CON IRENE SAEZ

Todo está bien. No hay angustia. No hay nada de qué preocuparse, nada de qué arrepentirse, nada qué temer.

Es un sueño tan real.

Mi papá está allí, su brazo sobre mis hombros dándome protección, libre de dudas y decepciones. Estamos en casa, viendo el último juego de la serie mundial por ESPN. Batea José Altuve, un venezolano más pequeño que Nacho, el de Chino y Nacho. Mi mamá prepara un pan de jamón de hojaldre y yo me bebo una polar.

—Yo te dije que la preñaras –dice mi papá con orgullo y me da un abrazo.

En la tele, los comentaristas gringos dicen que, por décimo año consecutivo, Venezuela es el país con mayor crecimiento de las Americas; y presentan a Irene Sáez.

En la TV se ve cómo Irene sale del dugout, con una banda Presidencial que dice Miss Monagas. Sonríe y saluda. Ha envejecido un poco pero todavía está buena. El generador de caracteres la anuncia como Presidente de Venezuela.

Me pongo de pie y camino hacia la ventana. Miro hacia afuera y observo el bulevar de El Cafetal. La vaina está irreconocible:

Edificios ultra modernos han reemplazado a los viejos y se extienden por kilómetros. La avenida principal tiene aceras enormes en las que hordas de turistas se pasean junto a tiendas de diseñador: Hay una Louis Vuitton y una Gucci, una Versace con la cara de Edgar Ramírez, una Carolina Herrera con una gigantografía de Patricia Zavala abrazada en pose lésbica con Eglantina Zing. Hay una sala Imax en la que pasan la sexta parte de Secuestro Express, en 3D, y en frente está El Mundo del Pollo con una valla que anuncia que la franquicia ya tiene presencia en treinta países.

Todos los postes tienen luces de navidad, como las que ponía Irene en la Plaza Altamira. En una tarima toca Steve Aioki con los Amigos Invisibles, en la otra Beyonce con el Budú.

Escucho a mi papá gritar porque Altuve se ponchó, y me volteo a verlo. Me acerco y me siento a su lado.

Sobre la mesa hay un periódico. Todos los titulares están relacionados con la reducción de la pobreza y hablan de un milagro económico. Por más que busco, no encuentro noticias malas. Incluso en las páginas de farándula se menciona que Winston salió del closet y que Roque se suicidó.

En eso se abre la puerta y entran Scarlet y Joanne, vestidas con el uniforme del Colegio Británico de Caracas…

Mi felicidad es completa y parece indestructible… Hasta que siento un coñazo y me despierto.

NOTA DEL COMPILADOR

Lo que sigue es la traducción de los mensajes privados intercambiados, vía Twitter, entre la señorita Scarlet y su amiga Zoe.

@ScarletT45
Me acaba de preguntar por él.

> @Zoe23
> Quién?

@ScarletT45
Joanne

> @Zoe23
> Qué te dijo?

@ScarletT45
Que cómo era su papá, que le hubiese gustado conocerlo.

> @Zoe23
> Heavy

@ScarletT45
Y si la llevo a verlo?

> @Zoe23
> Vas a llevar a una niña a una cárcel?

@ScarletT45
Ella merece conocer a su papá.

> @Zoe23
> Piensa bien lo que haces. A lo mejor le inventas un cuento y la enrollas menos.

EL URANIO Y EL BITCOIN

Estaba en una habitación vacía, con una pared de espejo al frente. Ni idea de cuánto tiempo había pasado dormido. De hecho, no tenía claro si el coñazo que me despertó fue real o imaginario. Estaba esposado, de manos y pies, a una silla de hierro, y frente a mí había varios instrumentos de metal que podían ser para operar o para torturar. La verdad no sabía qué prefería, que me torturaran o que me quitaran un riñón.

Pero lo más fuerte era el espejo. No hay nada más duro que despertar dopado frente a un espejo. Tu mente juzga tu cuerpo, tu cuerpo culpa a tu mente. Eres un idiota Juan Planchard. Te agarraron y te amarraron, y de esta no sales sin un dedo menos.

Después de un par de minutos de silencio absoluto, se abrió una puerta, pero nadie entró. Pasaron otro par de minutos en los que grité, para ver si alguien me escuchaba, pero nada.

Finalmente escuché unos pasos. Y entró…

La Goldigger.

Muy arrecha.

Nunca la había visto tan arrecha.

Estaba vestida en un traje azul marino, por primera vez me pareció que tenía pinta de agente de la CIA. Agarró una silla y se sentó frente a mí.

—¿A ti qué te pasa? –preguntó con firmeza y con rostro de odio.

Yo miré abajo, avergonzado.

—¿Tú crees que esta vaina es un juego, marico? –prosiguió.

Era muy fuerte escuchar ese lenguaje callejero caraqueño, con acento gringo, en una situación tan complicada como esta.

—¿No tienes ni una semana suelto y ya la cagas así? ¿Qué estás, quesúo? ¿O estás obsesionado con la prostituta esa? ¿O te gustó la cárcel y quieres podrirte ahí para siempre?

Yo permanecía en silencio. De pana, ella tenía razón. No sé por qué me dio por ahí. Me había lucido montándomele a la rusa, y a su socio, en cuestión de días, y todo lo había tirado a la basura. Por amor, sí, pero coño…

—No vas a decir nada, por lo que veo.

—Perdón, Vera…

—¿Perdón? ¿A mí? Tú eres el que vas a ir preso, guevón. A mí me dará vergüenza un par de días, pero el que se jodió fuiste tú.

La miré implorando. Se me aguaron los ojos. Tenía un bajón enorme por la anestesia y el ratón del sativa.

—Lo que falta es que llores, maricón –dijo indignada, moviendo la cabeza negativamente.

—Tengo información –repliqué– que puede serles útil.

—Canta brother, canta firme y sabroso como Maluma, que en este momento es lo único que te puede salvar.

—Conocí a Saab, el socio de la rusa.

La Goldigger me miró con seriedad, interesada:

—Ahá…

—Y cuando estábamos hablando –añadí– entre una vaina y la otra preguntó si yo era el que les iba a ayudar a tapar el uranio con el cemento.

Le cambió la cara:

—¿Uranio? ¿Estás seguro de que dijo uranio?

—Segurísimo.

Se agarró la cara como quien se acaricia la barba. Se volteó y miro hacia atrás, hacia el espejo, y en el reflejo le vi una expresión que mezclaba alarma con triunfo.

Luego volteó a verme:

—¿Qué más te dijo?

—Le quiere echar bola. Quedamos en hacer el negocio.

—¿Por cuánto?

—Por diez –dije, restándole mi parte –, en bitcoin.

Le llamó la atención la moneda.

—Interesante –dijo.

—Pero si se enteran de que me desaparecí de París se van a poner paranoicos. Mi plan era volver al mediodía. Ni idea de qué hora es.

La Goldigger me miró con severidad, su expresión oscilando entre la furia, por mi falta de profesionalismo, y la emoción, por lo que había encontrado gracias a mi profesionalismo.

—Dame un minuto –dijo y salió de la habitación.

Otra vez me encontré solo, frente al espejo, pero ahora el espejo me trataba mejor. A lo mejor me había convertido en un hombre necesario para la CIA y eso era una oportunidad enorme.

Pero pasaron varios minutos y no entró nadie. Me dio angustia la vaina, no sólo porque me daba culillo que no quisieran correr el riesgo conmigo, sino porque de verdad, si la vaina era proceder, tenía que volver a París de inmediato.

—Hay que darle chola –dije en voz alta, asumiendo que del otro lado me escuchaban.

Después de un rato, entró la Goldigger.

—Te pusimos en el vuelo de las dos de la tarde para París –dijo y yo asentí complacido–, pero te lo juro, Planchard, te le vuelves a acercar a esa jeva, o la vuelves a cagar de otra manera tan estúpida, y yo misma te voy a armar el archivo de vínculos con el terrorismo internacional para que te trasladen a Guantánamo y te pudras allí para siempre.

—No te preocupes…

—Nosotros te abriremos la cuenta en bitcoins. De los diez, te quedas con medio palo para gastos operativos y el resto nos lo das.

Mírala a ella, pensé, y traté de no sonreír. Pero se me notó.

—Ríete y te mato, pajúo –me dijo y solté una carcajada.

—¿Qué coño es bitcoin? –pregunté.

—Es una criptomoneda que se está utilizando para lavar dinero.

—¿Quién la vende?

—La compras en internet. Es un peo. Pero lo que te interesa es que en Venezuela esta semana se movieron sesenta millones de dólares en bitcoin.

—Tas loca.

—La cifra suena imposible, pero no si la compras a dólar preferencial. En total les cuesta seiscientos millones de bolívares, que en valor real son un pelo más de seis mil dólares.

—Naaaaaahhhh… ¿Tú me estás diciendo que el gobierno pagó seis mil dólares y recibió sesenta millones en una moneda digital?

—Así mismo. Y en una moneda que se puede cambiar a dólares o a cualquier otra denominación. Encima el bitcoin casi duplicó su valor esta semana. Es Cadivi 2.0. Pero en vez de tener que buscar un punto de tarjeta para gastar tu cupo, lo que necesitas es que te habiliten dólares preferenciales para comprar bitcoin. Por cada dólar que te den, te ganas diez mil. Puede ser la operación de lavado más grande y efectiva de la historia universal.

Se me salió la baba. ¡Qué locura, man! Todo el mundo pensando que los revolucionarios son idiotas y los tipos son los gangsters más arrechos del planeta.

—Cuadra el guiso, Juancito. Si trackeas el uranio y las direcciones de bitcoin de la revolución, el propio Trump te va a mamar el guevo.

—Que me lo mame Ivanka.

—Los dos juntos si quieres. Arranca es lo que es.

Me vendaron los ojos y me sacaron en un carro. Nunca supe dónde estuve, pero en menos de media hora me quitaron la venda y vi que entrábamos al aeropuerto de Amsterdam.

No era difícil entender cómo había hecho la CIA para ubicarme y capturarme. Pero… ¿Cómo coño había llegado la Goldigger tan chola a la ciudad en la que yo estaba? ¿Era posible que me estuviese siguiendo tan de cerca? ¿Tanto le importaba mi misión, como para justificar ese esfuerzo?

LA RUSA EN DAMASCO

Cuando aterricé en París ya tenía un texto de Natasha:
"Donde andas?"

Lo había enviado hace como quince minutos, cuando yo todavía estaba en el aire. Sin duda estaría paranoiqueando y eso me puso a paranoiquear.

Pensé mi vaina, estaba como a tres cuartos de hora del hotel. Le tenía que decir que estaba medio lejos. Le respondí por texto:

"Visitando a una amiga, por Père–Lachaise."

Pasaron unos segundos, y me llamó por teléfono.

—¿Y de qué se murió? –preguntó, y yo me cagué en los pantalones.

—¿Cómo?

—Tu amiga…

—No… No entiendo –dije tratando de interpretar el tamaño de la amenaza.

—¿Père–Lachaise no es un cementerio?

—Ah…. Sí… No… Bueno… es el nombre de una urbanización, en la que queda el cementerio.

Soltó una carcajada.

—¡Yo pensaba que estabas visitando a una difunta!

Respiré aliviado y fingí reírme.

—No, no, para nada. Está vivita y culeando.

—Me alegro. Dime una vaina, ¿a los tipos de la cementera brasileña no les interesaría venderla?

Upa. Eso sonaba a mantequilla.

—Todo es negociable, sería cuestión de hacerles una propuesta –dije tratando de sonar relajado.

—Mira, yo voy saliendo a Damasco y para allá es mejor que no vayas.

—Ok...

—Pero regreso mañana a buscar a Saab para irnos a Moscú. Y él me dijo que te invite, si estás abierto a la venta, así lo vamos hablando.

—Chévere, a Moscú nunca he ido, y la verdad es que, como a esos portu se les cayó Odebrech, deben estar locos por salir de todo el inventario.

—Listo, prepárate porque una vaina es Moscú y otra Moscú conmigo.

—Supongo –dije y se me paró el pipí.

—Quedamos Q A P.

—Pendiente y ritmo.

Colgué, respiré aliviado y emocionado. Si bien el Saab me daba culillo, me estaba acercando al corazón de todos los guisos revolucionarios.

Agarré un taxi y regresé al hotel. Saqué los dólares de la caja fuerte, los metí de regreso en el maletín y me fui a la sede de Ternes Monceau del banco BNP Paribas. Ni de vaina iba a meter mis reales en las cuentas que me había abierto la CIA. Por más que sea, uno no puede ser guevón. Si este operativo salía bien, me iba a dejar unos meloncitos y yo no iba a permitir que me los quitaran.

Abrir una cuenta en Francia es un rolo de peo y estuve como dos horas en el banco. Pero finalmente lo logré. Deposité setenta mil euros para operar y el resto lo mantuve conmigo en cash, en dólares. Además, me compré un celular para que los gringos no escucharan mis conversaciones.

Me senté en un restaurante a comer un entrecote con papas fritas, y a estudiar en internet qué coño era bitcoin. Parecía una moneda ideal para mover divisas, sin pasar por los controles de la banca. No era fácil comprender por qué era legal, supongo que porque era imposible de prohibir. Y eso es un sueño para las economías paralelas. Comerciar petróleo o cocaína, por más que sea, requiere de esfuerzo y organización. Las criptomonedas son un guiso puramente financiero, sin productos, y eso es ideal para una revolución que nunca ha sido capaz de producir nada.

Me metí a chequear las demás noticias del país. Seguían metiendo presos a los tipos que el Comandante había puesto en PDVSA. Desde Ministros de Petróleo hasta ex–Presidentes de la petrolera, era una especie de purga dentro de la revolución, como si Maduro quisiese quitar a toda la vieja guardia. Encima había rumores de que el propio Rafael Ramírez, el mano derecha del Comandante en materia petrolera que ahora hacía de Embajador ante la ONU, había llegado a un acuerdo con el FBI y estaba colaborando.

Sonó mi celular, el de la CIA. Era la Goldigger.

—¿Tú hablaste con ella? –preguntó.

—¿Con quién?

—Ay Juan…

—¿Qué te pasa?

—Tú hablaste con la puta esa en Amsterdam.

—De bolas que no.

—No te creo…

—Pues créele a los tombos que pusiste a seguirme…

—Agárrate entonces…

—¿Por qué?

Hizo un silencio.

—¡Dime, coño! –grité.

—La jeva llamó a la cárcel… Está pidiendo visita conyugal.

Maaaaaaaarico…. Así es la vaina… Sintió mi presencia y no para de pensar en mí. Hay futuro. Visita conyugal. Qué bella. Mi cónyuge.

—¿Estás ahí? –preguntó ante mi largo silencio.

—Aquí estoy, pero me dejaste loco.

—La puta nunca ha pedido visita en seis años. Acabas de ir a verla y la pide. ¿Tú crees que yo soy güevona?

—No sé qué decirte. Hay una conexión muy arrecha entre nosotros…

—No te emociones, Juancito. Parece que se casa en dos semanas.

Se me aguó el guarapo, pero no tanto. Si me quería ver era por algo.

—A lo mejor por eso quiere verme…

—¿Para echarte un polvo de despedida?

—Mínimo…

Se rió la muy rata.

—Tienes que estar en cinco días en San Quentin –dijo.

—Bueno, mañana voy a Moscú…

—¿Con Saab?

—El mismo…

—Qué maravilla. Puedo pedir que le digan que estás enfermo y que venga en una semana…

—No, no, yo me llego a San Quentin.

—De pana sigues encucado, qué horror.

Colgó, y yo me quedé con la duda de si me estaba vacilando o era en serio. A lo mejor era una carnada para volver a meterme preso, o para que confesara que hablé con ella. Cualquier juego mental era posible. Pero no, yo sentía en lo más profundo de mi ser que era cierto: Scarlet quería verme. Volvía a mis brazos porque no era feliz, a pesar de que estaba por casarse. Qué bonito, mi pana. Conseguir tu alma gemela, que te estafe pero que después regrese. Nada más pensarlo me daban ganas de llorar. Yo soy un tipo bueno. Yo no he jodido a nadie. A lo mejor me raspé alguno que otro malandro que no merecía morir, pero hasta ahí, mis demás pecados eran guisos bolivarianos que no dañaron a nadie, sólo a quienes votaron por Hugo para que sigamos guisando.

Al día siguiente salí para Moscú.

EL PARTIDO BA´ATH

Nos montamos en el Gulfstream G650 de Saab, una especie de nave espacial empujada por dos motores Rolls Royce, que debe costar al menos setenta palos. La tripulación del avión eran dos top models rusas; hasta la piloto era mujer y estaba buena. De resto sólo estábamos Natasha, Saab y yo.

—¿Sabes lo que es un Zapoi? –me preguntó Saab.

—No, la verdad –contesté con timidez.

—En Rusia les gusta beber vodka por varios días seguidos, sin dormir y sin parar. Después del primer día se van las malas sensaciones de la resaca y uno entra en una especie de piloto automático elevado, muy superior al de cualquier droga conocida. A ese proceso le llaman Zapoi.

Seguidamente sacó una botella de vodka Iordanov, con una calavera de cristales de Swarovski incrustados, y sirvió tres vasos. Hasta donde yo sabía los musulmanes no bebían alcohol, y este man no paraba de beber, por lo cual asumí que era cristiano.

—¿Hay muchos cristianos en Siria? –pregunté.

Me miró un poco molesto, hizo un silencio amargo en el que pensé que me lanzaría por la ventana del avión. Finalmente respondió con sequedad:

—Soy musulmán pero soy comunista.

Natasha me volteó los ojos. Yo solito me había puesto en salsa por imprudente, sin ninguna necesidad. Pero pensé que lo peor que podía hacer era retroceder, así que decidí seguir con el atrevimiento:

—¿Y eso no es una contradicción?

Me observó con curiosidad, gratamente sorprendido por mi desfachatez. Se tomó medio vaso de vodka con calma, como evaluando si yo merecía una clase sobre el tema. Y al parecer concluyó que sí:

—Yo soy miembro del partido Baʾath, que tiene una ideología socialista panárabe promotora del desarrollo y la creación de una sola nación árabe, que nos una a todos, a través de un estado progresista revolucionario.

—Pero usted trabaja con los iraníes, y yo entiendo que los iraníes no son árabes –dije recordando las palabras de la Goldigger.

—No lo son, y fueron nuestros enemigos por mucho tiempo, en especial durante la guerra terrible que hicieron contra Saddam, quien también era Baʾath.

—¿Pero ahora son aliados?

—Cuando Estados Unidos invadió Iraq, se hizo evidente que los sirios teníamos un gran enemigo en común con los iraníes. La necesidad de unirse para confrontar a los americanos, incluyendo a sus aliados en Arabia Saudita y en la entidad sionista, privó sobre todas las cosas. Por ello la República Islámica puso a Hezbollah al servicio de Bashar al–Assad; y gracias a eso pudimos ganar la guerra civil.

—Y Venezuela…

—Venezuela ha sido muy útil para financiar el esfuerzo. Hezbollah tiene una operación de narcotráfico muy sólida en Europa y, a través de Maduro, se han logrado coaliciones importantes tanto con los mexicanos como con los españoles.

Lo miré agradecido.

—Muy interesante –dije–, la verdad no tenía idea de nada de esto.

—Nunca deja de sorprenderme lo poco que saben ustedes, los venezolanos, sobre el tema. Su Comandante Chávez fue el primer jefe de estado en el mundo en reunirse con Saddam Hussein después de la primera guerra del Golfo, en el año 2000. Y no es que simplemente fue a verlo sino que tuvo que ir por tierra, a través de la frontera con Irán, porque las Naciones Unidas tenían un embargo aéreo contra Irak y no había forma de llegar por avión. Chávez quería ir a ver a Saddam y fue a ver a Saddam, y así nos dejó a todos con la boca abierta. No tenía ni dos años en el poder y ya estaba demostrando un compromiso sin precedentes y un deseo absoluto de hacer alianza con el Baʾath. En un país normal sólo se hablaría de eso, pero Venezuela es diferente, a la gente le pasa de todo y a nadie le interesa nunca averiguar por qué.

Saab se puso de pie y se fue al baño a mear. Yo me quedé reflexionando sobre sus palabras, era difícil aceptar que un revolucionario como yo supiese tan poquito sobre El Comandante.

Natasha me miró con una sonrisa burlona y me sacó la lengua. Supuse se había mantenido silenciosa para permitir que su socio me agarrase confianza.

Una de las top models de la tripulación trajo una ensalada de cangrejo y me la comí con arrechera.

Al rato Saab volvió, y siguió soltando perlitas:

—Finalmente hemos tomado control de la industria petrolera de su país.

—Yo pensaba que ya lo tenían –dije y solté una risita.

—Para nada, estaba en manos de los cubanos y esa mierda de gente solo barre hacia adentro. Desde que su Comandante designó a Rafael Ramírez, todo se lo llevaron a la isla y desde allá se lo repartieron.

—Usted seguro sabe más que yo –repliqué con respeto– pero he notado que las nuevas posiciones claves las están ocupando figuras militares. Le pregunto: ¿Los militares no están con Cuba?

Saab miró su vaso y se echó otro palo de vodka:

—Esperemos que no… Pero, en todo caso, las decisiones las vamos a tomar nosotros. Estamos estableciendo un modelo de rescate similar al que utilizamos en Siria. Con la gran ventaja de que buena parte de la oposición venezolana está colaborando. En Siria se fueron a las armas y murió mucha gente.

Natasha finalmente decidió intervenir:

—Lo insólito de Venezuela –dijo– es que llegaron a la decadencia del comunismo sin pasar por el comunismo.

—¿Cómo es eso? –pregunté.

—A nosotros, en Rusia, nos tomó décadas entender cómo se podían hacer fortunas individuales aprovechándose de las Políticas del Estado. Pero antes de eso se logró una infraestructura que le garantizaba a toda la población las necesidades básicas de manera gratuita.

—Las misiones.

—Algo así, pero más serio. En la URSS, por mucho tiempo, no estaba permitido comprar nada porque nadie podía tener más que los demás. Incluso en Cuba fue así por décadas. Pero ustedes se fueron directo a los beneficios de la nomenklatura, sin reparar en las mayorías.

—Es que al venezolano le gusta tener sus cosas – repliqué –, El Comandante siempre dijo que era imposible abolir la propiedad privada en un país nuevo rico.

Natasha miró a Saab, quien emitió un suspiro dramático y concluyó:

—Pues terminaron sin la propiedad pública y sin la privada. Eso no está en ningún libro de Marx. Y me temo que a largo plazo, sufrirá mucho la revolución internacional debido a todas las estupideces que hizo su Comandante.

Había algo seductor en la erudición con la que hablaban estos dos, por más que sea, los revolucionarios venezolanos nunca hemos sabido nada de un coño. Pero no me gustaba el desprecio, casi racista, con el que se pronunciaban sobre nuestro líder supremo.

—Aquí no se habla mal de Chávez –protesté con una sonrisa.

Saab me miró casi con lástima.

—Ustedes tienen una relación atávica con ese personaje. Todos nos enamoramos de él en algún momento, pero ya es hora de dejar el miedo y admitir que su proyecto fracasó.

—A mí no me va nada mal –repliqué molesto.

—A ti, a la hija de Chávez y a los cuarenta ladrones. Gran cosa. Construyeron una bomba de tiempo y no saben desactivarla. El dinero pasa y la obra queda, pero si no hay obra no queda nada. Las tumbas no tienen bolsillos.

—Yo no le voy a negar que se cometieron errores –me defendí.

—Se lo robaron todo…

—Pues sí, pero el pueblo lo sabía y seguía votando por El Comandante.

Saab afirmó con la cabeza, pensativo. Luego sentenció:

—Que el pueblo sea ignorante no les da a ustedes derecho de estafarlo.

Miré hacia abajo. El carajo se consideraba sirio o venezolano, dependiendo de lo que le convenía en cada momento. Así es muy fácil criticar. Yo la verdad estaba demasiado peo como para que me dolieran las vainas que decía. Pero, afortunadamente, Natasha salió al rescate de la nación:

—El problema no fue la ignorancia, fue la educación gratuita.

Saab la miró confundido.

—¿Cómo es eso? –preguntó.

—Cuando explotó el boom petrolero de los años setenta, los ricos se hicieron ricos tan rápido que no les dio tiempo de estudiar. Y como en paralelo había educación gratuita masificada, a los profesores no se les podía pagar mucho, y esa mezcla ocasionó dos élites: una con dinero pero ignorante, y otra con estudios pero sin dinero.

Saab la observó interesado. Yo ya había perdido el hilo y solo le miraba las tetas, pero ella estaba decidida a explicar su punto:

—Inevitablemente, los profesores universitarios se llenaron de resentimiento social, y se lo transmitieron a los estudiantes.

—Y del resentimiento social salió El Comandante –dijo Saab.

–Pero no del resentimiento social del pueblo ignorante –continuó Natasha–, sino del resentimiento social de los educados: profesores, filósofos, periodistas e intelectuales, que estaban tan envidiosos de los ricos, que se convencieron a ellos mismos de que un militar los podía llevar al socialismo.

Saab pareció reflexionar, sin estar convencido.

—El problema –siguió Natasha–, es que, en el fondo, los intelectuales y periodistas de izquierda, sean ricos o sean humildes, venezolanos o de cualquier parte del mundo, también desprecian a los pobres, precisamente porque los ven como ignorantes. Y esa alianza de militares trogloditas con intelectuales resentidos, muy parecida por cierto a la bolchevique, produjo una revolución que solo quería robarle el privilegio a los ricos, mientras veía a los pobres como meras herramientas para llegar al poder.

Hubo un largo silencio en el que todos quedamos pensativos. Yo era el único de los tres que se crió en Venezuela pero a nadie le importaba mi opinión.

—Esta noche tengo una reunión con Maduro en el Kremlin –soltó Saab, como si nada–. ¿Tú lo conoces?

GEMELAS FANTÁSTICAS EN MOSCÚ

Saab me había rascado completamente, y justo antes de aterrizar me decía que se iba a reunir con el número uno, en plena estrella de la muerte.

—Lo conozco bien –respondí–, compartimos muchas veces. Incluso en un viaje a Libia nos quedamos juntos en el palacio de Gadafi.

—¿Pero se acordará de usted? –preguntó.

Lo pensé por un momento.

—Yo creo que sí… Lo salvé de pasar una raya muy heavy con El Comandante.

—Cuente.

—No puedo.

—Sí puede.

—No, en verdad que no. Yo soy un caballero y le di mi palabra. Además de que, si se lo cuento, cuando usted lo vea no se podrá parar de reír.

Comenzó a soltar carcajadas, y Natasha a su lado también.

—¿Lo agarraste cuelándose a Gadafi? –preguntó tosiendo de la risa.

—No le voy a contar nada.

—Pero por ahí va la cosa…

—Yo no he dicho nada…

—Necesitamos cemento…

—Eso sí se lo ofrezco.

—Nuestra gente necesita alojamiento decente en la península de Paraguaná, y en otras zonas de la franja petrolífera del Orinoco, incluso en el Arco Minero. Las casas de PDVSA están muy deterioradas, hay que destruirlas y reconstruir, y todas las cementeras de Venezuela están quebradas.

—Mi gente tiene setecientas mil toneladas frías. Estoy seguro de su capacidad para suplir las necesidades.

Saab me observó con aprobación. Luego volteó la mirada hacia Natasha y dijo:

—Estoy pensando si sería buena idea que venga a la reunión con Maduro.

Natasha me miró y preguntó:

—¿Tú qué crees?

Sin duda reunirme con Maduro sería un jonrón para mi misión de agente secreto. Pero estos dos eran unos verdugos, podían estar blofeando, tenía que cuidarme para no caer como un bolsa.

—Yo hago lo que ustedes digan, camaradas. Pero si me preguntan mi opinión, creo que me acaban de conocer y es un poco apresurado para darme tanta confianza. Si yo fuese ustedes montaría la primera entrega de cemento y dejaría que nuestra relación vaya creciendo orgánicamente.

Saab me miró con severidad, por unos segundos. Volteó a ver a Natasha, tomó aire, y volvió a mirarme:

—¿Te da miedo encontrarte con Maduro?

Solté una carcajada.

—Para nada, Maduro es mi pana –dije–, lo que pasa es que uno tiene su reputación en la revolución, y con todo respeto, como dije, nos acabamos de conocer.

Saab levantó las cejas, gratamente impresionado.

—¿Osea que a usted lo que le da miedo, es que Maduro lo asocie con nosotros?

—Miedo no es la palabra, es simple cautela en un momento de tensión interna revolucionaria.

Saab y Natasha se miraron sorprendidos. Era indiscutible mi seriedad, y lo legítimo de mi preocupación.

—Sin embargo, yo quisiera que venga –dijo Saab–, le podemos dejar claro al Presidente que nos acabamos de conocer.

Lo pensé unos segundos.

—Como usted quiera –dije–, ante todo, agradezco mucho su hospitalidad.

Llegamos a Moscú completamente borrachos. Encendí mi celular y leí que habían metido preso al primo de Rafael Ramírez, el que blanqueó mil millones de euros en Andorra. La purga continuaba, todo cuadraba con lo que había dicho Saab. Encima el dólar estaba ya en cien mil bolívares.

Bajamos del avión. En la pista había un helicóptero junto a una limosina Maserati dorada, ni sabía que esas vainas existían. Al lado de la limosina, dos gemelas idénticas rusas con abrigos de piel nos esperaban para servirnos más tragos de vodka Iordanov. Nevaba y hacía un nivel de frío que yo nunca había sentido, pero con la pea que cargaba, y las hembras que nos recibían, eso era lo último en lo que pensaba.

Saab se fue directo al helicóptero y Natasha se vino conmigo. Una de las gemelas nos abrió la puerta de la limo. Natasha se sentó detrás del chofer y me señaló el fondo de la limo, yo me desplacé y tomé asiento frente ella pero en el extremo opuesto. La tapicería era de cuero rojo con dorado, sonaba un grupo ruso femenino llamado "Serebro", y en pantallas regadas por todo el vehículo se veía el video clip de la canción. Pero, como estaba en Moscú, pedí que quitaran esa vaina y pusieran el himno de La International Socialista.

Las gemelas se sentaron a mi lado, y apenas arrancamos se quitaron los abrigos de pieles y quedaron completamente desnudas. Estoy hablando de dos rusas idénticas, altotas y delgaditas, catiras, con los bollos depilados y un martillo y una hoz tatuados justo arriba del hueco del culo.

Me empezaron a besar el cuello, una de cada lado. Natasha nos veía a lo lejos, cayéndose a vodka, sin expresión, como quien observa un partido de ajedrez. Las gemelas tenían la piel de gallina por el cambio de temperatura y eso les daba un aire alienígena. Entre la curda y la mirada impasible de Natasha, me fue fácil concluir que estaba en manos de otra especie y que todo esto terminaría con mi muerte.

Me desabrocharon el pantalón y me comenzaron a mamar la paloma entre las dos. Y no era la mamada con condón que la puta con postgrado había aprendido en el manual de carreño, esto sí era comerse una verga con amor.

Amor al miembro, pero también amor de hermanas: Se sonreían al besar la paloma y lo hacían con cariño, no se sentía incestuosa la vaina, parecía que compartían un caramelo. Al rato una de ellas se metió toda la cabeza del guevo en la boca, mientras la otra me fue lamiendo las bolas despacito, como si fuesen mochis de té verde.

Después de un rato se sentaron frente a frente, y unieron sus cuquitas depiladas, haciéndome un sandwich en el guevo. Me explico: se frotaban las cucas una contra la otra, con mi paloma en el medio. Era como cogerse dos medios bollos al mismo tiempo... Y tenían esos labios vaginales carnosos, entre las dos le daban la vuelta completa al palo...

Todo eso lo miraba Natasha con aparente tristeza. Eran dos clítoris, conciudadanos suyos, haciéndome la paja. Se veía que estaba maltripeando y eso me puso mal... Hasta el punto en que no aguanté la presión de su rostro y tuve que mirar hacia afuera...

Afuera estaba Moscú, la ciudad que Lenin había convertido en capital de la URSS por miedo a que las fuerzas de la burguesía invadieran San Petersburgo. Fidel la llamaba "La tercera Roma". Para El Comandante Chávez era "La ciudad heroica". Moscú siempre será la mecca del proletariado, un centro de poder que alcanzó su grandeza al construir un imperio sobre el sueño de la igualdad.

Una de las gemelas se me montó encima mientras la otra se me sentó al lado a besarme con afecto. Me daba piquitos y me mordisqueaba el labio superior, jugueteando como si fuera nuestra luna de miel. La otra cabalgaba chola y apretado como la jocketta Sonia Mariano, y me susurraba alguna que otra vaina en el idioma original de Gorbachev.

Se veían rascacielos a través del quemacoco. Moscú era ahora también una ciudad ultra moderna. Vladimir Putin aprendió de los errores, tanto de los Soviets como de la desastrosa democracia que siguió a la Perestroika, y logró retornar el imperio ruso a la gloria. Ahora es el dueño del mundo: Sus agencias de inteligencia deciden elecciones en todo el planeta, sus enemigos mueren envenenados, sus aliados nadan en billete, no se dispara un tiro en el Medio Oriente sin que esté autorizado por él, y como por si fuera poco, según los propios medios gringos, tiene suficiente poder sobre Donald Trump, como para que se sospeche que él mismo controla la Casa Blanca.

La sola idea de estar aquí me excitaba tanto como los blandos pezones rosados de las gemelas fantásticas. Pero la apoteosis ocurrió cuando comenzamos a rodar por una calle que iba en paralelo a la Plaza Roja.

La vi de lejos, entre edificios y en movimiento, pero sabía que estaba ahí. El lugar por donde había desfilado infinitas veces el ejército de Stalin. La plaza que había celebrado la victoria definitiva sobre Hitler, esa que los gringos se acreditan pero que, sin duda, pertenece a los rusos. "No más deberes sin derechos, ningún derecho sin deber" cantaba el himno de La Internacional Socialista.

Ahí, a pocos metros de la plaza donde todo nació, fue que le apreté las nalguitas juveniles a ese tesoro de la naturaleza que se movía a ritmo revolucionario encima de mí, y me vine en leche, mirando en la dirección en la que imaginé estaría el mausoleo de Lenin.

¡Aquí me tiene camarada!

Borracho de vodka, cogiendo rusas, en plena misión revolucionaria.

¡Váyanse al carajo yankees de mierda!

¡Yo nunca traicionaré a mi gente!

¡Demasiada sangre ha derramado esta tierra como para vender mi libertad!

¡Venceremos!

RUMBEANDO CON MADURO

Al llegar al hotel Baltschug Kempinski las gemelas se bajaron de la limo y tomaron un taxi, como si nada. Natasha no me comentó nada del sexo que acababa de presenciar. Simplemente me dijo que iba directo para una reunión en el Kremlin y me mandaría a buscar en un par de horas.

Entré por el VIP y un mayordomo me llevó a mi habitación. La ventana de mi cuarto daba hacia el río Moscova, con la basílica de San Basilio y el Kremlin de fondo. El hotel tenía como cien años de antigüedad y había servido para hospedar a todos los revolucionarios del último siglo.

Eché una vomitadita chola para tratar de bajar el efecto de la curda, y me di un baño para quitarme de encima el avión, la saliva y el flujo vaginal de las rusas.

Al salir me puse a mirar por la ventana y me entró un culillo horrible. Era demasiado bueno como para ser verdad, que me estuviesen invitando a una reunión del alto mando en el Kremlin. Había la posibilidad de que me hubiesen descubierto y quisieran utilizarme para mandarle información falsa a la CIA. Era una idea aterradora, pero era menos absurda que la noción de que me llevarían a ver a Maduro para cuadrar un negocio de cemento, en un momento en el que había una guerra a muerte dentro de la revolución.

En el televisor decía "Welcome" y unas letras rusas. Les tomé una foto con Google Translate y vi que era el nombre completo de Natasha. Le hice copy y paste y me puse a buscar información sobre ella en ruso, y fui leyendo algunas vainas que Google traducía automáticamente.

El abuelo de Natasha se crió en la Unión Soviética durante la post guerra, pasando más hambre que piojo en peluche; pero con el tiempo fue creciendo en influencia dentro del partido Comunista. A finales de los años setenta, el man se convirtió en uno de los testaferros del líder soviético Leonid Brezhnev, y gracias a eso logró tener la exclusividad de la producción de zapatos para toda la población del país. Escúchese bien: Una sola fábrica en toda la URSS producía los zapatos que utilizaban los casi trescientos millones de habitantes del imperio soviético. Tamaño de guiso.

En lo que comenzó la Perestroika, la población de Rusia entró en una movida de querer zapatos gringos. El abuelo de Natasha se cagó y pensó que el guiso se le venía abajo. Pero su hijo (el papá de Natasha), lo convenció de utilizar sus conexiones para traerse marcas occidentales, como Nike y Puma, en exclusiva, y con eso fueron aumentando su fortuna de manera descomunal.

Cuando terminó de caer el comunismo, ya eran multimillonarios, y se han mantenido entre los más ricos de Rusia desde entonces. Algunos cálculos dicen que la familia tiene diecisiete mil millones de dólares, casi el doble que Diosdado. Pero, aparentemente, Natasha se había peleado con su papá y había hecho su propia vida, como aventurera en varios lugares del mundo. Por ningún lado salía nada de que estuvo presa en Egipto o de sus conexiones con Venezuela. Se la describía como una socialité venida a menos, que no se llevaba bien con su familia y que, por ello, había tenido dificultades económicas.

Le mandé un texto a la Goldigger y le pregunté si podía hablar con ella. Me contestó que ni se me ocurriera, que en Moscú me estaban observando y grabando todo el día, y que de hecho era mejor que borrara ese mensaje.

Demasiada paranoia la vaina. Miré alrededor, para ver si habían cámaras o grabadoras. Había muchas vainas sospechosas. Pero decidí tomármelo con calma y echarle bola a lo que viniese.

Al rato me buscaron en la limo Maserati, pero sin gemelas, y cuando comenzamos a rodar noté que no íbamos hacia el Kremlin. Aquí fue, mi pana, pensé: Mínimo me meten en los calabozos de la KGB a torturarme hasta que sapee a todo el mundo, y después me venden por partes. Aunque la verdad era que yo estaba dispuesto a sapearles lo que quisieran, sin tortura, con tal de que me ayudasen a escapar de los gringos.

Pronto llegamos a un restaurante llamado "Bon", rodeado de limosinas y carros oficiales, entre los cuales estaba la caravana diplomática de Venezuela con nuestro tricolor nacional.

Me recibió un agente del servicio secreto de Rusia, me guió hacia la puerta y entramos a un lugar más extraño que el coño: oscuro, medio sado maso pero elegante, me recordó un pelo a la mansion de Sade de Nueva York pero en una versión más gángster. Con decir que las lámparas estaban hechas con unas Kalishnikovs a las que les montaban un bombillo encima. Las paredes eran negras, con vitrales góticos, y los asientos una mezcla del estilo patotero americano con el vampirismo tártaro. Un happy pop ruso sonaba con su cursilería acomplejada, a todo volumen. Habían cerrado el restaurante para la ocasión.

En la mesa principal estaban sentados Saab y Natasha con cuatro tipos que no conocía... y frente a ellos... de espaldas a mí... el gigante gentil que había heredado del Comandante Supremo el privilegio de conducir la revolución que cambió la historia del siglo veintiuno: Nicolás Maduro.

¡Ladies and gentlemen, we got him!

Saab se puso de pie para saludarme. Maduro se volteó y me miró.

—¿Cómo está Presidente? –dije con mucho respeto.

—Epa, chamo, qué bolas –respondió poniéndose de pie.

Me dio un fuerte abrazo que casi me saca el aire.

—No sabía que eras tú, camarada, qué locura –exclamó con alegría.

A Saab le salió una sonrisa de oreja a oreja al ver que no era paja que Maduro me conocía.

Me presentaron a todos los presentes, pero yo estaba demasiado cagado como para retener quién era quién. Algunos hablaban persa, otros ruso, y otros español. Era evidente que ya habían comido y me habían invitado a unirme al final de la cena.

—Este es un encuentro épico –dijo Maduro–, acabamos de llegar a un acuerdo que cambiará por completo la historia, no sólo de nuestra economía sino de la economía mundial.

—Qué bueno, Presidente, me alegra mucho –contesté.

—Me encantó la idea del señor Saab, de poner el experimento a prueba con su compañía de cemento.

Miré a Saab sin tener puta de idea de cuál era el experimento.

—¡Vamos a tener nuestra propia criptomoneda!– exclamó Maduro con una emoción contagiosa.

—¡Qué bueno, qué bueno! –repetí yo como un loro tartamudo.

—Vea, Don Juan –dijo Saab–, le hemos propuesto al Presidente una moneda similar al bitcoin pero respaldada por las riquezas naturales de Venezuela.

—¡San Petro! –gritó Maduro–, como el Soviet de Petrogrado, que era el centro neurálgico de todos los Soviets.

—La idea –siguió Saab– es utilizar la adquisición de su cementera como piloto, y comprarla con petros.

Poco a poco iba entendiendo la vaina y me cuadraba más por qué me querían ahí: Yo era una especie de conejillo de indias para una nueva modalidad de guiso internacional.

—Pero esta moneda –dije–, ¿se puede cambiar a otras monedas?

—Es un como un bono petrolero pero detallado – intervino Natasha–, sin intermediarios y, lo más importante, sin pasar por el dólar ni por la banca internacional.

—Se llama petro también por el petróleo –dijo Maduro–, es la mejor manera de combatir el bloqueo del imperio y alcanzar nuestra independencia económica.

—Bueno, yo le echo bola –dije a sabiendas de que no era ni mi dinero, ni mi cemento–, pero tendrían que explicarnos bien cómo funciona la vaina.

—Fue en Libia que nos conocimos, ¿no? –preguntó Maduro con su sonrisa lateral.

—Claro, con el señor Gaddafi.

Se cagó de la risa y miró a Saab.

—El gran Comandante Muammar Gaddafi, si hubiese tenido al petro, todavía estaría en el poder. A ese lo jodieron los europeos, al congelarle el dinero.

Todo el mundo afirmó, completamente de acuerdo.

Era un poco deprimente la vaina, la verdad. Cuando visité al Comandante en Miraflores sentí que estaba frente a un profeta. Su enigma del elefante blanco todavía me persigue y me hace reflexionar. Pero Maduro no es ningún profeta. Es un carajo campechano y risueño, amable, infantil. Cuando habla uno siente que todos a su alrededor intentan hacerle sentir importante, pero en el fondo lo consideran un idiota.

Obvio que no es fácil heredar ese trono. Por más que sea El Comandante nos permitió enriquecernos de manera alocada, mientras el pueblo pensaba que los defendía, y los intelectuales de Europa alababan su compromiso como campeón de los pobres. Pero este tipo, Maduro… digamos que… no es el tipo. No es el tipo para defender el legado del Comandante. Todo el fervor revolucionario que me causaba Moscú me lo quitaba su alegría natural. Porque en el fondo, eso es lo que saca la piedra, la felicidad de Maduro. El Comandante era un tipo histérico, siempre andaba arrecho y esa arrechera era la que hacía contagiosa su lucha contra la burguesía. En cambio Maduro está contento y se le nota, sabe que la vida lo ha tratado bien y parece tener la firme convicción de que todos los problemas se terminarán resolviendo solos, tarde o temprano. Está en Moscú rodeado de gente seria de otro país, vendiendo nuestro petróleo detallado para sobrevivir en el poder un poco más. Me mira con cariño porque sabe que yo sé quién es: Un tipo que nunca estará triste, ni siquiera si termina preso. Para él ya la vida valió la pena. Se convirtió en uno de sus héroes, el presidente de una nación rebelde sancionada por el imperio, un narcoestado que le late en la cueva al Tío Sam.

—¿Te quieres regresar a Venezuela con nosotros? –me preguntó, de repente.

Yo acababa de llegar a Moscú. Había tanto que ver, tanto que descubrir. Lo que menos quería en el mundo era regresarme a Venezuela. Pero al mirar a Saab y a Natasha, los dos me pelaron los ojos con un mensaje claro: "ni se te ocurra decir que no".

Así fue cómo terminé abordo del Airbus A319-100 Presidencial, el que compró Chávez y Maduro utiliza para viajes largos. Un avión construido para ciento cincuenta pasajeros que había sido convertido en apartamento aéreo: Tenía dos habitaciones con duchas de masajes, una sala de cine en la que también se podía hacer karaoke, una barbería, una cocina, y una sala de juegos con una mesa de ping pong, una maquinita original de pinball de Terminator, y un futbolito.

SEAN PENN Y LAS BURRAS

Todavía no se me había pasado la pea, cuando me encontré jugando futbolito con un Maduro sin camisa y en interiores Ovejita, volando desde Moscú hacia Maiquetía.

—¿Tú sabías que el ethereum es un programa de Putin? –me preguntó.

—No, la verdad no sabía –respondí, sin tener ni puta idea de lo que me hablaba.

—La FSB, que es como la KGB de ahora, tiene un servicio de inteligencia cibernética arrechísimo. Y crearon el ethereum, que es un como una competencia del bitcoin, y con eso se están haciendo algunas de las fortunas más grandes de Rusia.

—Interesante.

—Y el petro irá de la mano del bitcoin y del ethereum. Pero es aún más sólido porque tiene valor real en materia prima. Escúchame lo que te digo, nos viene un boom económico similar al de la década pasada, pero no por el petróleo, sino por la criptomoneda. Vamos a convertirnos en la Suiza de las criptomonedas, y con eso habrá CLAP para todo el país y vendrá el período de calma que todos merecemos.

Había cierto grado de coherencia en la propuesta del tipo. Si Venezuela se convertía en el centro digital de lavado de dinero de todas las agrupaciones ilegales del planeta, le entraría muchísimo dinero al gobierno.

Al terminar el juego, abrió la nevera y se sirvió un vaso de leche. Era una imagen conmovedora. Un hombre de dos metros que rige los destinos de casi treinta millones de personas, toma leche semidesnudo en un jet mientras sueña con cambiar el sistema monetario del planeta.

—Me dio gusto verte, hermano –dijo–. Tú me haces recordar al Comandante. Creo que no te había visto desde que nos dejó.

—Es posible, Presidente –respondí –a mí también me hace mucha falta el hombre.

—Nadie imagina la bondad de ese ser humano. No hay una noche en la que no me vaya a dormir pensando que seguro fueron los yankees los que lo mataron.

Yo me metí en el viaje paranoico del tipo, y dije lo primero que se me ocurrió:

—Yo creo que fue Sean Penn.

Me miró sorprendido.

—¿Cómo es eso?

—Yo creo que Sean Penn es agente del imperio y se lo mandaron al Comandante para que le inoculara la enfermedad.

El tipo se quedó loco. Miró al suelo, luego al vaso de leche, tomó un trago y levantó el rostro para mirarme. Tenía los bigotes llenos de leche.

—Tú sabes que a mí me sorprendió mucho una foto que vi –dijo–, en la que Sean Penn aparece con Shimón Peres, cuando éste era presidente de la entidad sionista.

Me quedé frío. Yo había lanzado mi teoría sin mucho fundamento, pero esto la llevaba a otra dimensión.

Maduro sacó su iPhone, buscó alguna vaina conectado al wifi del avión y me mostró en la pantalla una foto de Sean Penn estrechando la mano de Shimón Peres, en una oficina llena de trofeos… con la bandera de Israel de fondo.

—¿Qué hace un hombre –preguntó– que se dice comunista, que es amigo de Fidel y de Cristina, de Evo y de nuestro Comandante supremo; en la entidad sionista, y encima con esta actitud?

—Como si le estuviesen dando una medalla –añadí.

Maduro miró la imagen con infinita tristeza.

—Está clarísimo –continuó–, lo mataron los sionistas por todo lo que hacía El Comandante por los camaradas de Hezbollah, y por el intercambio de uranio con Irán.

El uranio. ¿Qué coño pasa con el uranio?

—Seguramente –dije–, vea el documental de Netflix de Kate del Castillo, pareciera insinuar que Sean Penn ayudó a la DEA a atrapar al Chapo.

—Me lo creo –replicó pensativo–, tiene que ser así. Sean Penn… El actor favorito del Comandante. Parece mentira… ¿La DEA? Puede ser. La verdad es que nosotros siempre estamos pendientes de la CIA pero la DEA es la que más daño nos ha hecho. ¿Pero qué tienen que ver los sionistas con la DEA?

—No sería malo investigarlo.

—Ya ponemos eso en marcha, camarada. Fíjese que Oscar Pérez también colaboró con la DEA y ese hombre es evangélico, y tú sabes que todos los evangélicos son sionistas.

—No sabía –dije como por reflejo, sorprendido de que el propio Maduro estuviese preocupado por Oscar Perez.

—¿Y Danny Glover? –preguntó.

—No lo sé, no lo creo.

Se puso a hacer un search y movió la cabeza negativamente.

—Ahí está, mira, Danny Glover pidiendo boycott al Festival del cine de Tel Aviv. Eso es lo lógico. Al enemigo ni agua…

Se puso a pensar e hizo otra búsqueda.

—Ay coño –dijo mirando su pantalla.

—¿Qué pasó?

Me mostró otra foto…

—Naomi Campbell. A mí esa negra siempre me dio mala espina.

En la pantalla había varias imágenes de Naomi Campbell con Shimón Peres.

Maduro comenzó a entrar en pánico.

—Ya va, espérate una vaina…

Se lanzó otro search, hiperventilando, como si toda su vida dependiese de lo que estaba por descubrir.

—Ay coño, no, no, no… –dijo como un niño.

Se le aguaron los ojos y me mostró una foto de… ¡Oliver Stone con Shimón Peres!

—Será que todas estas estrellas que visitaban al Comandante –murmuró Maduro–, ¡¿eran agentes del Mossad?!

Me dio un escalofrío. Yo le había lanzado mi teoría sobre Sean Penn para pantallear, pero en el proceso parecía haber resuelto el enigma más grande de la revolución.

—Esto es muy grave –sentenció.

Se quedó en silencio por unos segundos. Luego unió sus labios haciendo puchero, cogió aire por la nariz, y no aguantó más… Rompió a llorar. Lloró como un niño. Lloró de soledad, de miedo, de desesperación. Lloró porque se sentía desnudo.

—La traición… La traición… –repitió varias veces, entre sollozos.

Sus lágrimas se juntaron con la leche en sus bigotes. Yo no sabía dónde meterme. Era demasiado heavy toda la vaina y creo que, de los nervios, me comenzó a picar la nalga derecha donde tenía el chip de la Goldigger. Pensé que quizá el bicho tenía un micrófono y me picaba porque estaban escuchando a Maduro en Washington y no aguantaban la risa.

—La traición –seguía diciendo el tipo, y yo me sentía traidor.

Me acerqué a la nevera, saqué el pote de leche y le serví otro vaso. Se la tomó, poco a poco, y eso lo fue calmando.

—Coja aire –dije gesticulando la respiración del yoga.

Me hizo caso, y después de un rato desesperantemente largo, en el que casi me da un ataque de risa de los nervios, el tipo se calmó... y me dio un abrazo.

—Muchas gracias, hermano –dijo–, qué importante información la que me acabas de dar. A veces el diablo trae cara de amigo. No podemos confiar en nadie ciegamente.

Me miró fijamente a los ojos, y de repente le cambió la expresión, como si lo que acababa de decir le hubiese llegado al cerebro en ese momento.

—¿Y tú qué haces aquí? –preguntó, y la preocupación cubrió su rostro. A diferencia de Chávez, Maduro era pésimo escondiendo sus emociones.

—¿Aquí en su avión? –pregunté.

Se apartó de mí.

—¿Tú por qué estabas en la reunión de Moscú? –preguntó en un tono amenazante.

—Me invitó el señor Saab –respondí–, pues estamos negociando una cementera y quería que fuese el primer negocio en la nueva criptomoneda.

Maduro me estudió.

—Yo la verdad es que tenía tiempo sin verlo a usted –dijo con cierto acento colombiano, casi listo para ahorcarme.

Tragué hondo, sin ocultar mi miedo pues sería más sospechoso ocultarlo que mostrarlo. Me armé de valor y le dije:

—Señor Presidente, con todo respeto, usted me invitó a viajar en su avión. Si le incomoda mi presencia, me disculpo.

Maduro pasó como treinta segundos mirándome fijamente, como si me intentase leer el alma. Después bajó un poco la guardia.

—¿Dónde fue que nos conocimos? –preguntó.

—En Trípoli.

—¿Con Muammar?

—El mismo….

—Espera… Tú eres…. ¿El de la fiesta del chivo?

Intenté aguantar la risa. Pero Maduro no aguantó y soltó una carcajada, y me reí con él.

—El fucking chivo –gritó–, ¡qué bolas! Se me había olvidado el chivo.

Se siguió riendo y continuó:

—Ese Muammar era un bicho, nos puso a todos a coger chivo.

—A todos no –dije riéndome.

—Es cierto, es cierto. Además, se ve que tú eres demasiado sifrinito como para coger chivo.

—Las burras son mi límite –dije y casi se mea de la risa.

—¡Las burras son mi límite! –proclamó–, ¡qué vaina más buena! ¡Me voy a hacer una franela que diga eso: "Las burras son mi límite"!

Me reí con gusto. Maduro era un tipo pana. Era fácil entender por qué era tan bueno creando consenso entre los hijos de Chávez, a pesar de que muchos de ellos se odian entre sí.

—¡Qué bueno verte, hermano! –continuó–, disculpa la mala nota, la verdad es que me puso paranoico lo de Sean Penn. Hay que investigar eso.

—Se entiende, Presidente, no hay disculpa necesaria; por el contrario, yo agradezco la confianza.

—Gran palabra esa, confianza. ¿Y tú no has ido para Valle Hondo?

—Todavía no.

—Diles que te lleven.

—Si usted lo autoriza.

—Es que tienes que ver esa vaina, es impresionante. Todo un trabajo de ingeniería, es como Volver al Futuro o Blade Runner. Lo que yo daría porque el pueblo lo viese.

—Mañana mismo lo sugiero.

—No sugiera nada, usted lo exige. Diga que el Presidente personalmente lo invitó.

—Así será, Presidente.

Me dio otro abrazo.

—La fiesta del chivo… se me había olvidado esa vaina. Lo más arrecho es que no nos cogimos una chiva sino un chivo… Qué vaina tan loca. Gracias por todo, por el recuerdo. Me hacía falta.

Y así, repitiendo una vez más "las burras son mi límite", se fue riendo a dormir a su cuarto.

Yo me quedé inmóvil, respirando profundo, unos minutos. Guardé la leche, me fui al cuarto que me habían asignado, y me acosté mirando al techo, tratando de procesar todo lo que acababa de vivir.

Aterrizamos en Venezuela después de una bola de horas cruzando medio mundo. En Maiquetía nos esperaban dos caravanas, una presidencial para él y la otra para mí.

Me llevaron a mi hotel. Llegué a mí habitación y me acosté con un jet lag gigantesco. Horas después, al prender el televisor, Maduro estaba en cadena nacional.

—¡San Petro! –exclamaba al anunciar que la revolución entraba en la era de las criptomonedas.

Supuse que nadie repararía mucho en eso. Todo el mundo asumía que lo del petro era una alegoría al petróleo nada más, así de hecho estaba planteado. Pero el bolsa gritaba ¡San Petro! porque al bolsa siempre le traiciona el subconsciente, y a él lo que le importaba era su metáfora disparatada del Soviet de Petrogrado.

Todos los políticos y opinadores de oficio se burlaron de la criptomoneda de Maduro. Nadie calculó el tamaño del guiso. Siempre es fácil menospreciar sus planes, porque está claro que Maduro no es nuestro Stalin, es nuestro Forrest Gump: Un tipo limitado pero oportuno, que se sabe en el lugar indicado a la hora indicada, que disfruta de los pequeños triunfos sin dejar que las derrotas lo depriman y por eso siempre cuenta con la suerte, esa mujer maravillosa e injusta que tiende a enamorarse de aquellos que confían en ella.

Al día siguiente una criptomoneda llamada petrodollar subió su valor dos mil por ciento… porque los inversionistas incautos de todo el planeta pensaron que se trataba de la de Maduro.

De eso tampoco se habló en Venezuela. Todo el país estaba pendiente de República Dominicana, donde Rodríguez Zapatero había cuadrado un supuesto diálogo entre el gobierno y un grupo que incluía opositores conejos y opositores cómplices. Como siempre, se le veía la mano equivocada al mago mientras escondía la moneda.

En la noche salí para California a ver a Scarlet.

NOTA DEL COMPILADOR

Lo que sigue es la transcripción de los mensajes de Whassup intercambiados entre Pantera y Natasha.

NATASHA
Estimado Constituyentista, me urge hacerle una pregunta. Le habla Natasha Sokolova.

PANTERA
A su servicio, Doctora.

NATASHA
¿Entiendo que usted conoce bien al Señor Juan Planchard?

PANTERA
Afirmativo.

NATASHA
¿Es de su confianza?

PANTERA
Fue mi jefe por muchos años. Pasó tiempo en el norte y regresó hace poco.

NATASHA
Hay gente preocupada por sus intenciones.

PANTERA
Entiendo. Si quiere nos reunimos y conversamos.

El AMOR

Regresar a la cárcel fue una vaina muy bizarra. Tenía un par de semanas afuera, acostumbrado a hoteles de lujo, comida exquisita y duchas de masajes. Pero a pesar de que no me devolvieron a mi celda, para no poner a sospechar a quienes me conocían; cuando me dieron mi uniforme de preso y me encerraron a solas, sentí que regresaba a casa.

Había calma entre esas cuatro paredes alejadas de todo peligro, sin engaños ni confusiones, sin mentiras ni agendas ocultas; me daban la posibilidad de relajarme y aceptar mi verdad: Estoy en San Quentin pagando condena porque le metí un tiro en el culo a un gringo. Tan sencillo como eso, sin estrategia, sin interpretaciones.

El encierro también me dio tiempo para reflexionar. Pensé que desde que salí hasta que llegué, a pesar de que mis actos giraban alrededor de Venezuela, casi todos aquellos con quienes interactué eran extranjeros. Nuestro país se ha convertido en el escenario de una guerra de potencias que se cagan en nosotros. Nos subieron a ligas mayores pero sólo para recoger pelotas. Somos la mascota del equipo.

A la mañana siguiente, me despertaron para decirme que tenía visita. Le di gracias a Cristo por haberme sacado de la cárcel justo las dos semanas previas a la visita de Scarlet. Hace apenas unos días yo era un hombre quebrado, y hubiese sido decepcionante para ella verme así. Ahora era un tipo que se movía entre la gente más rica del mundo, y eso cambiaría mi manera de actuar con ella. La pobreza es inocultable pero el billete también se nota. Muéstrame un rostro y te diré cuánto tiene en su cuenta bancaria.

Me pusieron las esposas y me guiaron por varios pasillos. Caminé como media hora, pasé por dos edificios, quince puertas de seguridad, un gimnasio, una cafetería… hasta que finalmente llegué al cuarto de las visitas.

Estaba full. Había como veinte reclusos sentados frente a las ventanillas, hablando con sus seres queridos a través de un auricular. Me ubicaron en un cubículo cerrado, con un vidrio que reflejaba mi imagen. Esperé un rato mirándome la cara… anhelando ver otra vez a esa hechicera maldita que por años intenté sacar de mi mente, sin lograrlo, a pesar del tamaño del daño que me había ocasionado.

Lo primero que vi fueron sus dedos. La ventanilla estaba atascada de su lado, y ella tuvo que meter las manos para empujarla y abrirla. Sus uñas estaban pintadas de verde manzana. Su mano derecha hacía fuerza, pero no lograba mover la ventanilla, y yo no podía ayudarla porque un vidrio me separaba de ella. Todo el drama debe haber durado pocos segundos, pero para mí fue una eternidad, no por impaciencia sino por placer. El placer de ver sus dedos era suficiente como para que valiese la pena respirar. Cada una de sus cutículas me seguían estremeciendo. Cada milímetro de su piel, cada peca, cada curva de sus huellas dactilares, todo en ella sabía a vida y me sacudía… Sí… la jeva me había jodido, pero ¡qué jeva, man! Te lo juro que no cambiaría nada de lo que viví con ella.

Finalmente abrió la ventada de golpe e hizo un ruido horrible. Eso la hizo asustarse y soltar una carcajada...

Así me miró por primera vez, en medio de una sonrisa cómplice que borraba por completo lo que podría haber sido un momento incómodo para los dos.

Yo también sonreí embobado por su presencia. Ella miró abajo, todavía sonriendo pero recordando que la situación no era de risa. Sintió vergüenza y miró a un lado, donde estaba el auricular. Lo agarró y con un gesto me invitó a agarrar el mío.

Puse el teléfono sobre mi oído y la miré fijamente. Ella también me miró. Pasamos así unos segundos... en un silencio que ninguno se atrevía a interrumpir.

—Qué bella estás –dije finalmente.

Volteó hacia otro lado y se le aguaron los ojos. Sacudió la cabeza como diciéndose a si misma que no....

Se puso una mano sobre la boca para intentar no llorar, y sacó fuerza, no se de dónde, para sonreír.

La chama estaba peor que yo. Era increíble.

—Te extraño –soltó como un susurro.

Qué bolas.

La amo.

La amo tanto.

Decidí parecer fuerte. Por más que sea yo estaba ahí por culpa de ella. Era demasiado decente de mi parte calarme que me viniese a visitar. Pero que encima haya venido a decirme que me extrañaba… era una vaina que rayaba en la tortura psicológica.

—¿Por qué no viniste antes? –pregunté.

Me quitó la mirada. Era obvio que no había venido antes porque lo lógico era que no viniese nunca.

—Me caso en dos semanas –dijo como respuesta.

La miré sin mostrar emoción.

—¿Y qué quieres, que te dé mi bendición? –pregunté con frialdad.

Dijo que no con un gesto de tristeza. No sabía qué decirme.

—A lo mejor no debí haber venido –respondió.

Scarlet ya no era una carajita. A los veinticinco años se había convertido en la mujer que siempre imaginé cuando la conocí. Pero había algo diferente. Había un vacío en su mirada. Un miedo. Como si la promesa de *ser* que movía sus primeros años, se hubiese extinguido ante la realidad de *estar*. Tenía todo lo que siempre soñó, pero no se sentía como lo había soñado.

—Yo también te sigo amando –dije sin pensar lo que decía.

La chama soltó una risa nerviosa y ahí sí, se puso a llorar.

—Perdóname –suplicó–, lo siento tanto. No sé por qué lo hice, era muy joven… Tenía tanta presión.

Se deshizo en emociones. Mi princesa escarlata estaba arrepentida, soñando con volver atrás para cambiarlo todo y estar a mi lado.

—No te cases –le dije, como quien da una orden.

Ella cerró los ojos y negó con la cabeza, como si fuese imposible cambiar esa decisión. Luego sin abrir los ojos añadió:

—Te faltan nueve años de condena.

La muy puta, me tiene aquí desde hace seis años, me pide disculpas, le digo que me espere y me dice "sorry, te falta burda".

Abrió los ojos, y cambiando el tono dijo:

—Hay alguien a quien quiero que conozcas.

Miró hacia atrás, le hizo un gesto a alguien para que viniera y… así fue como…

Lentamente…

Se fue acercando a nosotros…

Una imagen…

Una aparición…

Unos pies…

Un torso…

Un rostro…

Joanne…

Mi Joanne…

Se sentó al lado de Scarlet y escuchó cómo su mamá le decía:

—Joanne, quiero que conozcas a tu papá.

Se me fue lo que me quedaba de aliento…

Era la niña del croissant de chocolate. Mi hija. Mi ser. Mi todo. Mi sentido de vivir. Mitad Scarlet, mitad yo. El ser biológico perfecto. Mi hogar y mi destino. La única razón por la cual valía la pena todo lo vivido y lo por vivir.

Scarlet le dio el auricular.

—¿Tú? –preguntó Joanne confundida.

Me había reconocido. Me acababa de ver, cómo no me iba a reconocer.

—No es posible –susurró.

Scarlet se puso nerviosa. Pensó que su niña estaba actuando con rebeldía y me estaba despreciando.

—No seas así, Joanne –dijo con tono de madre incomprensiva.

—Mamá, él estaba en Amsterdam hace unos días.

Scarlet la miró como regañándola:

—Estás confundida, no seas tontita y salúdalo que nos queda poco tiempo.

Joanne me miró, esperando que lo confirmara. Scarlet le hizo un ademán, como pidiéndole que actuase emocional para que tuviésemos el momento memorable que nos merecíamos todos. Yo aproveché su distracción y puse mi dedo índice sobre mis labios y con ese gesto le pedí a Joanne que no dijese nada sobre nuestro primer encuentro.

Joanne inmediatamente me pilló la seña y comenzó a actuar.

—Disculpa, perdón, me debo haber confundido. Es… Muy bueno conocerte…

Yo estaba hecho un manojo de emociones. No sólo se había confirmado mi instinto de que era mi hija. No sólo quedaba asegurado para siempre que en una parte del universo viviría la suma indivisible entre Scarlet y yo; sino que además, por las circunstancias, ya había un secreto entre nosotros, y eso abría las puertas de una amistad.

—Te puedo mostrar todas las pruebas de ADN –dijo Scarlet–, es tuya, y no quisiera volverla a apartar de ti.

Miré a Joanne sin poder contener mi alegría.

—Hola linda –dije–, disculpa que no he podido estar contigo. Pero te prometo que eso va a comenzar a cambiar.

Sonrió emocionada.

—¿Aquí te dejan usar whassup? –preguntó.

—No siempre, pero si me das tú número, yo me las arreglo.

—¡Un minuto! –gritó uno de los guardias.

Scarlet se molestó, pensó que era un momento demasiado especial como para cortarlo de repente. Pero Joanne y yo ya teníamos nuestro secreto. Ella sabía que si había aparecido en su pastelería una vez, podía volver a aparecer. Me recitó su número de teléfono y a mí, que nunca recuerdo un coño, se me quedó grabado en lo más profundo de la mente.

—No te imaginas la felicidad que me da conocerte –le dije con una sonrisa.

—A mí también –me contestó sin poder ocultar su ilusión.

Creo que a Scarlet la frikeó un pelo ver nuestro nivel de confianza inmediata. Sintió remordimiento por habernos separado. Pero yo no le guardé rencor. Todo había salido como estaba escrito en nuestro destino. A estas alturas yo lo único que tenía que hacer era cumplir con mi misión y negociar mi libertad.

Cuando el guardia dijo que quedaban diez segundos, Scarlet volvió a tomar el auricular.

—Gracias –me dijo.

—No te cases –le respondí y me miró con vértigo.

—¿Por qué me dices eso? –protestó.

—El destino baraja las cartas, pero nosotros las jugamos –repliqué y se cortó la comunicación.

Las ventanillas se comenzaron a cerrar. Scarlet me miró sin aliento, pero yo dejé de mirarla para ver a mi hija.

"Yo te escribo" le dije con un gesto.

Me picó el ojo y me mostró su pulgar derecho, igual que lo había hecho al estafarme el croissant de chocolate.

Cuando se terminó de cerrar la ventanilla, pensé que era el hombre más feliz del mundo.

EL PADRINO GENERAL

Al día siguiente salí para Caracas, contento y enfocado. Mi misión ya no solamente era una oportunidad para redimirme sino mi pasaporte hacia una vida soñada. Llegué a mi cuarto en el hotel y abrí una de las botellitas de ron Cacique del mini bar. Miré por la ventana y pillé al gran conglomerado del crimen internacional que hacía negocios en la piscina. Era una imagen que normalmente me hubiese dado un rush de adrenalina, la revolución siempre ha tenido aroma a muerte y esa combinación de riesgo con gozadera es la que me había seducido desde mis inicios. Pero por primera vez, al verlos, sentí miedo... no por mí sino por ella. Mi hija. Era muy heavy la sensación. Tenía una niña preciosa que llevaba mi sangre y la de mis difuntos. Era una responsabilidad espiritual, moral, genética... Una responsabilidad que sólo podría asumir estando vivo, y no hay nada menos recomendable para aquel que quiera permanecer vivo, que hacer negocios en la Venezuela socialista.

Natasha me llamó y me invitó a una fiesta en un penthouse en Plaza Venezuela.

—Hay un General que es mi padrino en todo esto, y quiere conocerte para ver si terminamos de cuadrar la adquisición.

La rusa me buscó en el hotel y llegamos chola a un edificio antiguo, completamente tomado por la policía política. Muchos militares que se han mudado a El Country o a La Lagunita, pero hay otros que han convertido viejos apartamentos de las zonas en las que vivían cuando eran pobres, en vainas alucinantes.

El General Reyes era uno de ellos. Se había criado en Pinto Salinas y desde chiquito, al visitar Plaza Venezuela, sentía que estaba en el corazón de una metrópolis que lo excluía. Ahora vivía en un apartamento de tres pisos con vista a la Plaza de su infancia, y se sentía como el rey de la nación.

—Aquí abajo está La Tumba –me dijo Natasha al bajarnos del carro.

Yo sabía muy poco sobre La Tumba, la principal cárcel de torturas de la revolución, y Natasha se dio cuenta:

—¿Nunca has estado en La Tumba?

—No, la verdad.

—Si el General se anima te damos un tour, es un proyecto nuestro.

—¿Cómo que nuestro?

—De los rusos, nosotros la modelamos basándonos en la Lefortovo de Moscú.

—Ya…

—Si te portas bien, hacemos un toque técnico en La Tumbita.

—¿Y eso qué es?

—Es como La Tumba pero de mujeres. Está llena de estudiantes de universidades privadas, niñas bien que andaban marchando con Leopoldo y Freddy, y las capturaron, y los padres no hay podido pagar lo que se pide por ellas.

Natasha lo describía con una fascinación extraña. Era difícil entender por qué una tipa tan poderosa presumía de tener unas carajitas presas. Pensé incluso que se veía reflejada en ellas, socialités venidas a menos. Después comprendí que todo era parte de una estrategia de extorsión de la cual yo mismo estaba por ser víctima.

Entramos al penthouse del General Reyes y mi primera sorpresa fue que no había nadie. Natasha me había dicho que veníamos a una rumba, pero claramente me había mentido. Una soldada cubana en uniforme militar, sin insignias, nos abrió la puerta y con un gesto nos pidió que esperásemos sentados en un sofá.

El piso era del granito original que ponían en los edificios clase media en los años sesenta. Estaba lleno de muebles Natuzzi verdes, rodeados de cortinas rojas, como del Lido de París. Había una mesa de pool con una cafetera turca sobre el fieltro, y en la pared un televisor de sesenta y cinco pulgadas, enmarcado en madera tallada como si fuese una obra de arte.

Se abrió una puerta y vi entrar a un general gordo, con cejas de gallego. Y cuál fue mi sorpresa al ver que, detrás de él, venía Pantera.

WTF?

Natasha y yo nos pusimos de pie.

—Doctor –dijo Pantera mientras me extendía su mano con una sonrisa–, tengo media hora hablando maravillas de usted.

Lo saludé con alivio, me señaló al general y continuó:

—Aquí mi General Michael Reyes me citó para preguntarme por usted, y le dije que era de mi completa confianza.

Le estreché la mano al General, uno de los hombres más poderosos del cartel más importante del país, las Fuerzas Armadas Nacionales Bolivarianas.

—Aquí estamos para servirle, mi General –dije con toda la simpatía de la que fui capaz.

—¿Ya pasó por La Tumbita? –preguntó.

—Todavía no.

—Yo no tengo mucho tiempo para atenderlo, pero el señor aquí, y en especial la señorita, son de mi total y absoluta confianza. Pase por La Tumbita y cuadre todo con ellos, yo lo que quería era conocerlo.

—Perfecto, mi General. Hace días estaba justamente con el Presidente en su avión y me pidió que fuese para Valle Hondo, dijo que es algo verdaderamente impresionante.

Natasha subió las cejas, sorprendida.

—¿Y como para qué quiere ir para allá? –murmuró el General, con cierta alarma.

—Con todo respeto, mi General –respondí–, yo no he dicho que quiera ir, solamente que el Presidente me invitó. Claro que, para mí, sería útil porque me ayudaría a dar información más específica del proyecto a mis socios, pero si es un asunto delicado puedo comprenderlo.

Me miró sin mostrar emoción. Luego volteó a ver a Pantera, quien no supo cómo reaccionar y miró a otro lado, como si no fuese con él.

La vaina se puso tensa y el silencio se extendió por unos segundos. Después El General volvió volteó a verme y señaló a Pantera:

—Estamos claros que aquí el Constituyentista Pedro Pantera Madrigal tiene su agenda copada, pero incluso tomando en consideración esa consideración, en vista de que no podemos correr ningún riesgo, se lo hemos asignado a usted durante todo este proceso.

Miré a Pantera y me observó sin cordialidad, como reprochando que lo hubiese metido en este peo.

—¿Qué pasó, hermano? –le pregunté–, ¿hay alguna duda sobre mí?

A Pantera le cambió la cara. Creo que recordó todo lo que había hecho por él.

—No, jefe, doctor, lo que pasa es que responder por otros es duro. Pero yo ya le dije al General quién es usted, y que es como mi hermano.

El General miró a Pantera y le dijo:

—Dele una vuelta por La Tumba y otra por La Tumbita. Mientras tanto yo me comunico con el Presidente y, si lo que el ciudadano dice es cierto, le aviso para que mañana lo lleven a Valle Hondo.

—¿Yo mismo lo llevo? –preguntó Pantera.

—¿Algún problema? –respondió Reyes.

—Para nada, mi General. El caballero aquí es costilla mía.

El General miró a Natasha.

—Usted mejor se queda por aquí, pues eso abajo está full de hombres, y tenemos que cuadrar varias cosas.

Natasha pareció sorprendida de que la dejasen por fuera. Pantera me hizo un gesto de que piremos y se puso de pie. Yo obedecí, me paré y dije tratando de soñar calmado:

—Gracias por la confianza, mi General.

—Gran palabra esa –dijo el General–, confianza… Siga derechito y será cierta pronto.

Pantera me agarró del brazo y salimos poco a poco del apartamento. Caminamos por un largo pasillo hasta llegar al que supuse era el ascensor de servicio. Pantera apretó el botón y las puertas se abrieron. Las paredes estaban cubiertas por láminas de metal, parecía el ascensor de una cárcel. Entramos solos, nos paramos en silencio uno al lado del otro, y mientras se cerraban las puertas, sentí que era el final. Lo típico en cualquier película de mafia sería que, tras haber descubierto que yo trabajaba para la CIA, pusieran a Pantera a darme el tiro de gracia. Un final trágico pero satisfactorio desde el punto de vista moral, con mi propio pana traicionándome por traidor; para que al público le quedase claro que el código de honor del crimen no hace excepciones.

—¿Qué es lo que está buscando usted, jefe? –preguntó con una voz muy preocupada, que nunca le había escuchado.

Lo miré, pero no quería devolverme la mirada.

—Lo de siempre, bro, hacer negocios. ¿Por qué lo dices?

El penthouse estaba en el piso diez. El ascensor tenía como treinta años y bajaba muy lento. Pantera continuó:

—Usted acaba de regresar a la pista, y se está metiendo de una con los tipos más rudos de toda la partida.

Después de pasar por planta baja, el ascensor no se detuvo y siguió bajando.

—Es la oportunidad que se me dio –dije con miedo.

Pantera negó con la cabeza, como decepcionado.

—Sepa que para donde vamos, lo van filmar, y todo quedará registrado en un archivo que permanecerá en posesión de ellos.

—¿De qué me hablas?

—Una vez que se cometen crímenes contra la humanidad, con testigos –siguió Pantera–, no hay salida, uno cae junto con la revolución.

—Me estás cagando, men.

El ascensor finalmente se detuvo, como cinco pisos bajo tierra. Pantera se volteó y me miró con los ojos aguados.

—Se hubiese quedado en el norte, Jefe –dijo, y se abrió la puerta del ascensor.

LA TUMBA

La luz nos dejó ciegos. Todo era blanco: las paredes, el techo, el piso, las lámparas.

Pantera salió del ascensor y comencé a seguirlo. Era un pasillo largo, como de treinta metros. Se escuchaba un ruido difícil de identificar. Parecían gritos de animales desesperados, como el que hacen las vacas en los mataderos. A medida que nos acercábamos se hacían más inteligibles. Traté de pensar en otra cosa, pero se me fue haciendo imposible ignorar que... eran gritos de chamos que estaban torturando.

Llegamos a una reja blanca. Pantera mostró su credencial frente a una cámara, y a los segundos sonó un timbre y se abrió la reja.

Avanzamos. Lo seguí por otro pasillo largo, hasta llegar al lugar desde el cual venían los gritos. Parecía el corredor de un hospital, blanco, con mucha luz, antiséptico, desinfectado por profesionales.

Caminamos con lentitud y comencé a descubrir celdas de prisioneros a ambos lados del pasillo. Pantera me las iba señalando para que mirase lo que ocurría adentro, pero sin detenernos, sin interrumpir.

En la primera tenían a un chamo colgado del techo por los dedos. Era un carajito de quizá diecinueve años, sin duda un estudiante opositor. Estaba completamente desnudo y bajo las bolas tenía una botella de vidrio rota, como esperando su caída. Se veía que ya tenía varios dedos fracturados de tanto jalarse hacia arriba, pues si cedía, el vidrio le cortaba las bolas. El chamo me miró, suplicando que lo liberase. Le quité la mirada, lleno de terror, pero nunca podré olvidar sus ojos.

Seguimos caminando. En la segunda celda reconocí a un chamo que se había metido en un peo con unas armas en Colombia, creo que era de origen Palestino. No llegaba a los treinta años. También estaba desnudo, amarrado a una silla de metal. Dos guardias vestidos de blanco trataban de controlarlo mientras otro le quemaba las rodillas con un soplete. Tenía las muñecas llenas de sangre, como si se hubiese intentado suicidar. Gritaba con todas sus fuerzas, tratando de patear a los guardias para liberarse.

Avanzamos y pasamos al lado de otra celda, en la cual dos guardias se estaban violando a un señor de unos sesenta años, metiéndole la punta de un fusil por el culo. El hombre lloraba desgarrado. Parecía un tipo humilde, de esos que presiden las juntas de vecinos en los barrios. Sacudía su cabeza con dolor y sollozaba como un niño.

En la cuarta celda, un activista de derechos humanos que recuerdo haber visto en la tele, estaba colgado de una inmensa barra de hielo. Tenía los brazos morados, congelados. Apenas hacía un gesto para liberarse, un guardia viejo y aburrido le pegaba electricidad. Tenía agujas clavadas en las uñas de los pies, y las agujas estaban conectadas a cables de cobre que lo ataban a tornillos incrustados en las paredes.

En la quinta, a un carajito de unos veinte años le habían dibujado un blanco de tiro al blanco en la espalda, lo habían amarrado a una pared, y dos guardias le lanzaban dardos que lo iban perforando. Tenía varios dardos colgando de su carne, como los toros en las corridas. Gritaba de manera desaforada. Los guardias se cagaban de la risa compitiendo a ver quién le clavaba otro dardo en el blanco.

Se me fueron los tiempos y casi me desmayo. Me recosté sobre la pared y me tapé los oídos, tratando de ignorar los gritos, pero sentí ese olor… Ese olor maldito que había olvidado desde la muerte de mi madre, el olor de la sangre humana. Una peste que te impregna los pulmones y te encoge el pecho, mientras todo tu cuerpo te suplica salir corriendo.

Pantera siguió hacia adelante y volteó a verme, como preguntándome si ya iba entendiendo la vaina. Asentí con dolor y solidaridad, y me sorprendió la expresión de su rostro: Era evidente que esto era tan rudo para él como para mí. Le quise dar un abrazo, pero estábamos siendo vigilados.

Los gritos de los torturados se fueron haciendo menos identificables a medida que nos alejábamos, y eso me ayudó a calmarme… Pensé que ya había pasado lo peor. Pero esto apenas comenzaba.

Pantera abrió otra reja y seguimos avanzando. A nuestros pies unas rejillas daban a otras celdas. Desde abajo nos miraban prisioneros que tenían en aislamiento, temblando de frío, con trash metal a todo volumen, con luces estroboscópicas por todos lados.

Pantera se detuvo frente a una de las rejillas, se volteó y me dijo:

—Tiene que mear aquí, Jefe.

Me señaló el piso… y al mirar abajo vi a un chamo que creo que era diputado opositor en la Asamblea Nacional.

—¿Es en serio? –pregunté.

Pantera afirmó con tristeza y me dijo en un terrible inglés:

—No choice.

Me saqué la paloma, con las manos temblando, y a duras penas pude echar un chorrito. No miré hacia abajo mientras lo hacía, pero la celda era tan pequeña que sin duda estaba bañando de meado al diputado.

Recordé lo que me dijo Pantera en el ascensor y lo entendí todo: me filmaban para montarme un expediente de violación de los derechos humanos. Con éstas imágenes en su poder, no era fácil traicionar a la revolución. Bastaría con mostrar ese video, en cualquier parte del mundo, para destruir mi credibilidad y posiblemente meterme preso de por vida.

Terminé de mear y Pantera siguió caminando. Llegamos al final del pasillo, cruzamos a la derecha y llegamos a otra reja. Se parecía a las demás pero en esa había una mujer custodiando.

Pantera le mostró su credencial y nos dejaron pasar.

—Ahora es que viene lo heavy –dijo Pantera, como si acabásemos de ver Candy Candy–, la famosa Tumbita es como La Tumba pero de mujeres.

Tragué hondo. Torturar mujeres es una de las vainas más dark que puedan existir. El solo pensar que unas carajitas de la Universidad Católica estaban en manos de estos monstruos, me dio de todo. Yo era padre de una niña… si me ponía a imaginar a alguien haciéndole daño, se me llenaba el paladar de bilis y me ponía a fantasear con asesinar a todo el mundo.

Traté de armarme de valor, pero nada me preparó para lo que vería. Entramos a una sala de espera, en la que no menos de quince generales jugaban dominó escuchando Alí Primera. Al verme se cagaron un poco, pero Pantera les hizo un gesto para calmarlos:

—Viene invitado por el General Reyes.

Me miraron de arriba a abajo. Un general de división de la vieja guardia, de unos sesenta años, rompió el silencio…

—Pásalo de una, que no se quede aquí.

—A sus órdenes, mi general –respondió Pantera.

Salimos a otro pasillo. La música fue bajando de volumen… y comencé a escuchar voces de mujeres.

Pantera se metió la mano en el bolsillo, se sacó un condón y me lo dio.

—A estas niñas se las violan cincuenta veces al día, protéjase para que no le peguen una vaina.

Lo miré atónito.

—Estás loco, brother, yo no me puedo coger a nadie aquí.

—Usted me dice, jefe, estamos bajo cámara. Yo no lo voy a obligar pero si quiere hacer negocios con los tipos, lo necesitan en salsa de hongos.

Al final del pasillo llegamos a una celda que tenía al menos veinte carajitas desnudas. Chamas de la Universidad Metropolitana, de la Católica, de la Santa María, una que parecía de Arquitectura de la UCV, otra de la Monteávila.... Niñas que uno veía en las Gaitas del San Ignacio, pero que no eran las hijas de los grandes apellidos de la nación. Eran hijas de gente trabajadora que había echado palante con esfuerzo, gente que probablemente lo había perdido todo por la crisis y que por eso no tenía cómo pagar lo que estos verdugos pedían por liberarlas....

Estaban desnudas, intentando taparse, coñaceadas, amorateadas, en medio de jaulas separadas por barrotes, con los ojos hinchados de tanto llorar.

Pantera abrió la celda principal y ni siquiera se inmutaron. Era evidente que cada veinte minutos venía un tipo diferente a violarlas. Algunas miraron a un lado, tratando de que no las eligiera. Otras deformaron su rostro con un gesto, para parecer feas. Unas pocas me miraron curiosas, quizá sorprendidas por mi juventud, quizá porque les recordaba a alguien.

Se me aguaron los ojos, era como ver a mis antiguas compañeras de estudios convertidas en esclavas sexuales, como ver a mi hija despedazada después de una violación. No era posible que ese fuese el verdadero rostro de la revolución.

Di un paso atrás y salí de la celda, listo para irme a mi casa y no regresar nunca más. Así tuviese que pasar toda mi vida en San Quentin, nada justificaba un crimen tan horrendo.

Pero Pantera me detuvo.

—¿Hermano, qué vaina es esta? –le pregunté.

—Un poco de culos, y su seguro de vida.

—Pero brother esto no es lógico, yo lo que quiero es hacer negocios.

—Tiene media década en el imperio y se vino directo a la cresta de la revolución… Usted sabe que yo lo quiero como a un hermano, pero tiene que reconocer que es sospechoso lo que está haciendo.

—Yo lo que ofrecí fue vender cemento…

—Y en menos de una semana ya se reunió con el número uno. La gente está nerviosa.

—¿Quién está nervioso?

—Todo el mundo está nervioso con usted.

—¿Maduro está nervioso?

—Maduro cree en Sai Baba y siempre está en otro peo… Pero él sólo es uno de los ocho comandantes que gobiernan al país.

—¿Pero es el Presidente, no?

—Del ejecutivo, sí. Pero la vaina es más complicada. Se la puedo explicar con calma mañana, pero aquí tiene que decidir si juega o no juega.

—¿Y si piro qué?

—Pira nada, jefe, si no juega vamos de regreso y lo tendré que dejar en la tumba para que se lo cojan con un fusil.

Mi hermano Pantera, no me lo decía como amenaza, me lo decía con resignación. Estaba claro que yo no tenía opción y todo el tour tenía como objetivo montarme en la olla.

—Esas niñas –añadió– llevan ya casi medio año aquí. Se las tienen que haber violado dos mil veces. Usted entra, hace su mierda y ellas ni se dan cuenta. Mañana es otro día, la revolución le agarra confianza y todo camina. Hágase un favor y actúe con seriedad. Pero hágalo rápido que arriba lo están observando.

Era la voz de un amigo planteándome el dilema más grande de mi vida: Violación o muerte, venceremos.

Volví a la celda y estudié a las chamas rápidamente. Busqué a ver cuál era la mayor, la más fea, para bajar mis niveles de culpa, y me fui por una que parecía de 25 y me miraba sin tanto temor.

Pantera me abrió la celda. Me acerqué a ella y subió los hombros con resignación. Se sentó sobre una colchoneta como esperando que la agarrase a la fuerza, era evidente que había aprendido a no resistir.

Me le acerqué al oído como para besarla y le susurré:

—Sígueme el juego que no te voy a hacer nada.

Mi miró con duda, como para entender si estaba jugando con ella como parte de un fetiche extraño. Le puse la mejor cara que pude, y creo que se tranquilizó.

Se acostó y me acosté sobre ella, me bajé el pantalón, me puse el condón y sin metérselo comencé a moverme como si me la estuviese cogiendo.

Las demás chamas miraron hacia a otro lado, con resignación. Todas menos una que desde una esquina me decía:

—Lo van a pagar todo, no crean que esta mierda es así. Tarde o temprano pagarán. Ya falta poco… ¡Asquerosos!

La chama a la que supuestamente me estaba violando, se puso a llorar. Quizá la conmovió el hecho de que no la violara, pues el gesto le recordaba que había esperanza en la especie humana y eso lo hacía todo más desesperante. No imagino el estado al que tiene que haber llegado una mujer para que agradezca que no la violen. Al ver sus lágrimas, fue casi imposible no ponerme a llorar… Apresuré la acción todo lo que pude. Me hice el que estaba acabando y terminé mi show.

Ella no me miró más. Yo me levanté, me saqué el condón y lo tiré en la poceta que tenían a un lado. Me guardé la paloma y me fui mientras escuchaba:

—Vas a pagarlo. Poco hombre. No tienes madre, mamagüevo.

Por un segundo pensé que la chama que gritaba me conocía y hacía referencia a la muerte de mi madre. La miré a los ojos y ella me miró desafiante. Tenía la cara llena de golpes, se veía que cuando le tocaba lo peleaba y pagaba las consecuencias con dignidad.

Miré para otro lado y salí cabizbajo. Había cruzado una línea irreconciliable. La revolución me tenía en cámara violando a una prisionera, con las demás prisioneras como testigos. Era un criminal de lesa humanidad. Me tenían agarrado por las bolas para siempre.

Pantera me llevó al hotel y se caló que me pusiese a llorar. No me dijo nada. No había nada que decirme. Al llegar abrió los botones de su camioneta y me miró con compasión:

—Mañana lo busco a las seis de la mañana. Espero llevarme la sorpresa de que se fue para el norte. Pero si no, salimos temprano para la Carlota y de ahí nos vamos al Baúl.

¿El Baúl? A mí nadie ma había hablado de ningún Baúl. ¿Qué vaina es esa?

ESCLAVOS EN EL BAÚL

Pasé la noche llorando como una marica. A las tres de la mañana, pensé que ya era de día en Europa y decidí mandarle un mensaje a la única persona que me podría sacar de este nivel de obscuridad. Escribí su número en mi whassup, revisé su perfil para confirmar si era ella, pero en vez de su foto encontré una imagen de Betty Boop. Lo dudé por un momento, pero después pensé que sí, esa niña era lo suficientemente cool como para ser fan de Betty Boop. Pensé en escribirle, pero supuse que era muy chiquita como para leer, así que le mandé un mensaje de voz…

—Hola Joanne, es tu papá…

Se me quebró la voz y no pude decir más nada. Me arrepentí de inmediato: Era poco probable que una niña tan pequeña tuviese su propio celular, pensé que Scarlet lo escucharía primero y lo borraría. Pero después recordé que la propia niña me había dicho que la buscase por whassup.

Después de unos segundos recibí confirmación de que había llegado mi mensaje, pero todavía no estaba en el azul que indica que ya fue escuchado, y no decía si ella estaba online. Traté de pensar en otra cosa y me puse a mirar el techo, hasta que…. casi me desmayo cuando llegó la notificación de su respuesta. Me puse tan nervioso que el dedo me temblaba y no lograba darle play al mensaje. Respiré profundo dos veces, para calmarme, y finalmente logré apretar el botón y escuchar su voz:

—Hola papá.

Qué bolas. Lloré lo que me quedaba por llorar. No era normal pasar de la oscuridad absoluta a la alegría, en tan poco tiempo, era demasiado para cualquiera. Me puse a pensar cómo responder. Quería que fuese mi amiga y contase conmigo, no quería asustarla. Ella no estaba para ayudarme a mí, sino yo para ayudarla a ella.

—¿Cómo has estado? –pregunté, corto y preciso.

—Contenta –respondió.

Bien, pensé. ¡Vamos bien!.. como decía Fidel en 1959.

—¿Por qué? –pregunté.

—¿No te ha dicho mi mamá?

—¿Qué cosa?

—No sé si te puedo decir…

—A tu papá le puedes decir lo que quieras…

—Ok.

Esperé un rato, y me quedé esperando. ¿Ok? ¿Eso es todo lo que vas a decir? No me jodas, no me puedes dejar así, carajita.

—¿No me vas a decir? –pregunté.

Pasaron unos segundos en los que el puto whassup decía *offline*. El wifi del hotel era una mierda y no me podía conectar por celular.

Después de una eternidad volvió la señal, y vi que le llegó mi mensaje. Pero no me había respondido nada.

Cogí aire, recordé que era la primera vez que hablaba en privado con ella. Había que ser paciente, lo peor que podía hacer era asustarla. Me concentré en renunciar a la ansiedad. Ommmmm….Ommmmm… Pero no sirvió. Me enfoqué en mandarle mensajes mentales que la empujaran a que me respondiese, como si fuese Uri Geller doblando una cuchara.

Y funcionó:

—Mi mamá no se casa –dijo.

Carajo viejo…

Casi me da una vaina.

Me paré y subí las manos hacia el cielo y grité: ¡Gracias Señor!

Volví a agarrar el celular, y como para confirmar que mi sueño era real, le pregunté:

—¿Por qué?

Entonces el whassup me mostró que ella estaba *recording audio,* y se quedó así por un buen rato. Esperé con paciencia, y me puse a reflexionar: La niña me había sacado de la oscuridad en uno de los peores momentos de mi vida. Nunca había experimentado nada parecido, con nadie, ni siquiera con Scarlet.

—La verdad –dijo–, todo cambió el día que te vimos en la cárcel. Al salir, mi mamá estuvo unas horas muy mal pero después se puso contenta. Me dijo que yo tenía un gran papá y que ella iba a ayudarme a estar contigo.

Marico… ¿Qué te puedo decir?… Es la vida, man, diferente a lo que uno cree de carajito, cuando te lo quieres comer todo con coca y estás seguro de que eres invencible. La juventud es una droga que descoñeta la percepción, te asfixia de optimismo y te quita el oxígeno que tu cerebro necesita para entender que todo lo divertido es transitorio.

—Pues quiero que sepas –respondí– que tienes una gran mamá, y que tú papá siempre estará ahí para ella pero sobre todo para ti, porque eres lo más importante que tengo en la vida.

Una melcochita pues, qué vamos a hacer. El Juan de las orgías en Las Vegas se había convertido en papá Juan, y ninguna pepa, ningún ácido, ningún hongo me había dado nunca un rush tan brutal como aquel con el que ella me sacudía.

—You are so cute –respondió la muerganita.

Como su madre, sabía que ya me tenía por las bolas y le parecía de lo más cuchi. Solo faltaba que me pidiese real.

—Ya llegué al colegio –añadió–, y tengo que apagar el celular. Hablemos pronto.

Me dormí con una sonrisa y así me desperté, contento, armado de valor y decidido a llegar hasta lo más profundo de la organización criminal que había tomado Venezuela.

A las seis de la mañana me pasó buscando Pantera con su chofer, y arrancamos hacia la Carlota. El tráfico infernal de las mañanas caraqueñas se había esfumado con los tres millones de refugiados que escaparon del país. Era impresionante desplazarse tan rápido. Nunca desde que nací vi tan poquita gente a primera hora de un día laboral en la capital.

—Venezuela tiene ocho gobiernos –explicó Pantera–. El de Maduro es el que lleva más power porque domina al ejecutivo, y a su alrededor gira la inteligencia Cubana.

—Okey –respondí con atención.

—Las Fuerzas Armadas Bolivarianas –siguió– están al servicio del Cartel de los Soles y operan es en eso: merca para un lado, platica para el otro.

—¿Todos?

—Todos. El que menos carga, carga un kilo y de eso vive. Hasta los tanques los utilizan para mover coca.

—Qué bolas.

—Están infiltrados por los cubanos y por eso tienen buena relación con Maduro, pero andan por su línea propia y Maduro hace todo lo que sea necesario para mantenerlos happy.

—Okey.

—Después está la Mafia del Arco Minero, en el centro sur del país, controlando los guisos que giran alrededor del Orinoco.

—Tengo un pana que trabaja con ellos, sacando oro.

—Ajá… Oro y otra vainas, hay de todo en ese río.

—De bolas.

—En Barinas y Apure gobierna el ELN con los Tupamarus, y el Zulia se lo dividen con Los Rastrojos.

—Esos ni los conozco –reconocí.

—Casi toda la frontera oeste es de la FARC en alianza con el Cartel de Paraguaná.

—La pinga…

—Después están los de Hezbollah –continuó–, que llevan el mando de la vicepresidencia y de la fiscalía, y controlan casi todo el sistema inmigratorio.

—¿Eso es nuevo?

—Ni tanto, tienen rato ahí.

—Y al hampa, ¿quién la controla?

—El Tren de Aragua se encarga de las cárceles y coordina a los colectivos en todos los centros urbanos.

—Claro…

—Por último está la mafia del Tribunal Supremo, que no tiene poder de guerra pero que se puede traer a varios abajo por las vías legales.

Me dejó con la lengua afuera. La Venezuela que conocí era de un tipo que mandaba solo, incluso después de muerto. La de ahora era una ensalada de poderes, y nada más memorizar su estructura era casi imposible.

—¿Y los rusos qué pintan? –pregunté.

—A los rusos no les interesa el peo político, pero le venden las armas a todos los grupos, tienen concesiones en buena parte del arco minero y son intermediarios en los guisos que se están haciendo desde Turquía.

—¿Turquía también está metida?

—De frente. Casi todo el business del oro es de ellos.

—¿Esos son los talibanes que andan por el hotel?

—No, esos son iraníes.

—¿Y qué tienen los iraníes?

—No tengo claro su beta interno, pero por lo que entiendo Hezbollah es como si fuera Irán. Por eso se enfocaron en dominar la mafia de los pasaportes, para que sus soldados puedan viajan por Europa y América Latina, con papeles venezolanos. Además están metidos en el transporte de coca, triangulando con Castro junior para entrar a Florida vía La Habana, y con el cartel de Sinaloa para entrar por tierra a California.

—¿Con el Chapo?

—El mismo, se la pasaba aquí metido en Margarita.

Sean Penn. Todos los caminos conducen a Sean Penn.

Entramos en La Carlota y nos estaba esperando Natasha en un Mi–26 de la fuerza aérea, un helicóptero de carga militar hecho en Rusia, verdaderamente alucinante.

—¿Cómo te fue? –preguntó sin emoción.

—Increíble –respondí sonriendo.

—Asqueroso –dijo, y me terminó de enredar el coco.

Nos montamos en la nave y otra vez mencionaron que íbamos a El Baúl.

—¿Qué coño es El Baúl? –pregunté.

—Un pueblo de mierda en lo más profundo de Cojedes –dijo Pantera.

El ruido del helicóptero no hacia fácil conversar, por lo que estuvimos como media hora en silencio. Pasamos por encima de las montañas de Aragua y nos adentramos en los llanos del centro del país. Sobrevolamos San Juan de los Morros y seguimos hacia Cojedes. Era impresionante ver la cantidad de territorio fértil que tiene Venezuela. Una que otra tierra está sembrada, pero en su mayoría, todo está ahí como tirado, esperando a que alguien haga algo con eso.

—Bienvenido al Baúl –exclamó Natasha, cuando comenzamos a descender, y señaló la ventana.

Me asomé y vi un hundimiento gigantesco en la tierra, como si hubiese caído un meteorito.

—Este pueblo en la mitad de la nada –siguió Natasha–, tiene una de las reservas minerales más importantes del mundo.

Desde el cielo, dentro del cráter, se veían puntos anaranjados fosforescentes.

—¿Qué son esos puntos? –pregunté.

—¿Las naranjitas? –dijo con una sonrisa–, ya vas a ver.

El helicóptero siguió su descenso y poco a poco pude descubrir de qué se trataba: Eran personas con bragas anaranjadas, parecidas a las que nos ponen a los presos en Estados Unidos.

—¿Son personas? –pregunté impresionado.

Natasha afirmó con la mirada. Volví a ver y calculé que en esa mina habrían no menos de diez mil tipos. La miré confundido:

—¿Y por qué los visten así?

—Para que no se vayan…

—¿Y por qué se van a ir?

La rusa me sonrió con orgullo y respondió:

—Son presos…

Lo que mi pana Avendaño me había comentado: ¡Esclavitud en plena revolución!… No podía ser.

El helicóptero aterrizó y nos bajamos en un helipuerto desde el cual se podía ver toda la mina. Era una de las imágenes más locas que había visto en mi vida: Miles de presos encadenados entre sí, trabajando en una seguidilla que transportaba herramientas y extracciones a lo largo de toda la operación, al estilo antiguo. Parecía una escena de una película gringa de la época de los esclavos.

Natasha notó mi impresión y dijo con orgullo, como quien agradece el premio Nobel de la Paz:

—Acabamos con la delincuencia de las ciudades, vaciamos las cárceles y pusimos a los presos a trabajar.

Era demasiado frito lo que estaba escuchando. En un país en el que más de la mitad de los presos ni siquiera han sido procesados, viene la revolución y decide esclavizarlos para extraer minerales a los coñazos. Qué barbaridad.

Después de estar encanado, uno entiende a los presos mejor que a nadie en el mundo. Esos panas eras mis hermanos y me llenaban de compasión. Guardando las diferencias, yo también estaba siendo esclavizado por la CIA. Si bien no me tenían encadenado, y más bien andaba por el mundo cogiendo rusas, la realidad es que trabajaba sin pago, sin garantías, sin posibilidades de escapar o de renunciar. Eran dueños de mi seguridad, de mi libertad, de mi vida. En lo que me dejasen de necesitar, me desecharían. No respondían por mí, pero siempre sabían dónde estaba. No tenía derechos, solamente obligaciones.

—Genial –le dije–, mis respetos.

—Esto es una mina de feldespato, un mineral menor que se utiliza para hacer vidrio. Del otro lado está Valle Hondo.

—¿La cementera? –pregunté.

Se cagó de la risa y me hizo una señal de que la siguiera. Caminé tras ella, sin saber que estaba por descubrir la pieza que cambiaría el rompecabezas geopolítico de todo el planeta.

AERO TERROR

Caminamos por quince minutos hasta llegar al otro extremo del terreno. Ahí nos encontramos con una reja de seguridad custodiada por quince soldados, divididos en tres grupos, con uniformes militares diferentes: el de la FANB, el del Ejército Ruso, y el de las Fuerzas Quds Iraníes.

Todos se le cuadraron a Natasha. Los venezolanos abrieron la reja y nos pidieron la cédula a mí y a Pantera, y pasaron los documentos por una base de datos que tenían en un Ipad Pro, con internet satelital. Después de unos segundos le mostraron el resultado a los rusos y a los iraníes, y nos dejaron pasar.

Avanzamos como diez minutos más, con un calor horrible, y vimos otro cráter en la tierra, mucho más profundo pero súper angosto. Era una especie de túnel al centro de la tierra, de unos diez metros de diámetro y como quinientos de profundidad. Estaba repleto de trabajadores, pero estos no eran esclavos, parecían gente seria, con formación técnica.

—La idea es hacerle un techo a esta mina –dijo Natasha–, ese ha sido mi plan desde el primer día, pero el deseo de ser precavidos fue menor que el apuro por obtener el material, y tuvimos que arrancar sin techo. Pero pronto nos vamos a expandir hacia los lados y habrá que taparlo.

—¿Por qué lo necesitan tapar, por el calor? –pregunté con inocencia.

Natasha y Pantera sonrieron.

—Hay cosas que no se le pueden mostrar a los gringos –dijo la rusa y señaló al cielo.

Asentí como sabiendo de qué me hablaba y no hice más preguntas al respecto. Pero, al verla distraída, marqué la locación en la memoria del iPhone y me sentí como Jason Bourne.

—Yo lo puedo facturar como para una cementera, pero eso tendrá su costo –dije en tono de hombre de negocios.

—En petro todo es negociable –respondió Natasha–, como viste en Moscú, están locos por ponerlo a prueba. La adquisición de la empresa puede que tarde un poco pero yo sugeriría apurarse con el primer envío, así los mantenemos calientes.

—¿Y por qué será que el Presidente quiere que yo vea esta instalación?

Natasha miró a Pantera.

—¿Nos esperas afuera para hablar de numeritos?

A Pantera no le gustó mucho la idea, pero Natasha era home club y había que respetar.

—Espero afuera de la reja, pero no afuera del negocio –advirtió Pantera.

—Ya eso está hablado –respondió Natasha–, pero llévate su celular.

Ahí sí me terminé de cagar, o me habían pillado o me estaban por pillar.

Pantera me miró y me picó el ojo, pero como ya no era mi pana humilde sino un bicho raro, rico y amargado, no supe cómo interpretar su gesto. Le entregué mi celular como quien entrega su vida y lo vi partir.

Natasha esperó que se alejara, se me acercó y me comenzó a hablar muy bajito, casi susurrado:

—El Presidente Maduro no tiene soberanía sobre este territorio.

—¿Y eso qué significa? –protesté.

—Significa lo que significa. Esto es una concesión clasificada de interés militar, no hay ningún venezolano trabajando aquí. Y si llegas a entrar, verás que en nada se parece a Venezuela.

—¿Me trajiste hasta acá y no me vas a mostrar la vaina?

—¿Y tú por qué quieres verla tanto?

—Ni idea, la verdad. A estas alturas es curiosidad.

—Si la vez, vas a tener a un iraní metido en el culo por el resto de tu vida.

—Coño, entonces mejor no –repliqué riendo.

Natasha, como siempre, reaccionó bien a mi retirada.

—¿Cuál es el valor real del cargamento? –preguntó.

Le eché una ojeada al hueco.

—Con dos palos en materiales y dos en transporte, lo cubres cómodo.

—Yo puedo sacar cuarenta y cinco millones de dólares en petros. Te podría dejar uno para que lo dividas con Pantera.

La miré confundido.

—¿Y los demás treinta y siete?

—Me los giras después de veinticuatro horas y yo lo reparto entre los míos.

Sacudí mi cabeza, y dije en tono decepcionado:

—Primero, no es lógico que yo comparta comisión con Pantera.

—Si no fuese por él no estarías aquí –replicó indignada.

Una parte de mí seguía siendo clasista y no soportaba que Pantera fuese considerado como igual a mí. Era mi chofer, coño… Pero lo que decía Natasha era cierto.

—Ponle cinco pa' él y cinco pa' mí y cerramos –dije relajado, y Natasha se sonrió.

—Te puedo dar dos a ti y uno a él, para que no te acomplejes. Yo entiendo el rollo social.

—No es eso.

—Sí es eso.

—Dame cuatro y cerramos.

Natasha lo consideró, miró alrededor, y dijo como distraída:

—Si me aceptas tres, te muestro Valle Hondo.

—Cuatro y nos vamos –respondí–, a mí qué me importa Valle Hondo.

Le gustó mi respuesta. Pero insistió:

—Tres y te lo muestro.

—Yo ya no quiero ver nada, yo no soy minero ni me interesa esa nichería. Con cuatro me voy a vivir a Europa y me retiro.

Natasha extendió su mano.

—Si eres agente de la CIA, eres el mejor del mundo – dijo sonriendo.

Le di la mano y le devolví la sonrisa.

—Muchas gracias, si me puedes poner eso por escrito me ayudaría mucho por allá en Virginia.

Natasha se rió con gusto, y por primera vez me miró con ojos de amor. Sus ilusiones habían sido destruidas por el cinismo de la realidad, pero la niña rica de Moscú todavía tenía alma y parecía estar dispuesta a mostrarla frente a mí.

—En otra vida hubiésemos sido felices juntos –me dijo y pensé que quizás tenía razón.

—El ser humano siempre está a un paso de comenzar otra vida –respondí suavemente.

Me miró con tristeza, con anhelo. Como si enamorarse de mi significase la muerte… y con todo y eso lo estuviese considerando.

Se dio la vuelta y caminó hacia lo que parecía una caseta de vigilancia. La seguí emocionado. Hasta entonces no me había creído el papel de agente de la CIA, pero sin duda estaba avanzando en mi investigación, y en parte gracias a mi incomparable conocimiento del género femenino. Además estaba por coronar unos buenos reales, pero esta vez trabajando para el imperio. Pensé que finalmente mi padre estaría orgulloso de mí.

Al llegar a la caseta, Natasha puso un código. Se abrió una reja y después la puerta de vidrio de un ascensor panorámico. Me dio paso y entramos, apretó el botón más bajo y comenzamos a descender.

Como por diez segundos había oscuridad total y afuera del vidrio sólo veíamos cemento. Pero después nos adentramos en la mina y todo fue tomando un aire futurista. Estaba iluminada con leds de un verde fosforescente fortísimo, y había una cadena de técnicos especializados, rodeados de aparatos tecnológicos.

—La extracción de uranio –dijo Natasha y yo apreté el culo–, es similar a la de los demás minerales, pero tiene una particularidad muy grande…

La miré esperando a que continuara, y así lo hizo:

—Es necesaria la utilización de instrumentos y personal especializado que detecten los isótopos radioactivos.

Pinga de mono, brother. Estaba en una mina radioactiva con una espía rusa, en el pleno corazón geológico de la nación.

—Antes del Comandante Chávez –siguió–, se pensaba que en Venezuela no había uranio. Pero su líder tuvo la sabiduría de invitar a los iraníes a explorar y ellos encontraron lo que se estima son las quintas reservas más grandes del planeta.

La miré impresionado. Habíamos bajado como quince pisos y en el recorrido vimos no menos de quinientos trabajadores, entre mineros y técnicos.

—La verdad yo no sé mucho de minería –dije con sinceridad–, pero esto está alucinante.

—El uranio es la base del poder nuclear, la única herramienta que tienen los pueblos libres para defenderse de los poderes imperiales. Sin poder atómico, Corea del Norte ya hubiese sido invadida. Y eso, precisamente, es lo que quiere evitar el gobierno revolucionario iraní.

—¿Pero qué tan grande es esta operación para Venezuela?

—Te lo pongo de esta manera: Desde que descubrimos el uranio… la cocaína y el petróleo pasaron a un segundo plano dentro de la revolución.

El ascensor se detuvo. Natasha insertó una llave para abrir un compartimiento, sacó dos cascos y me puso uno en la cabeza. Apretó un botón, se abrieron las puertas y salimos.

Maduro no había exagerado, la escena parecía sacada de una película de ciencia ficción. Poleas y ascensores transportaban piezas de uranio en todas las direcciones.

—El mineral en bruto –continuó la rusa–, es dividido en base a la intensidad de los isótopos. Los de alto nivel de radioactividad son llevados a un espacio separado, donde son procesados por un equipo de técnicos nucleares. Desde ahí los empaquetan en contenedores de metal y los montan sobre una correa transportadora para sacarlos de aquí.

La mayor parte de la operación se realizaba a través de máquinas, pero había cientos de trabajadores alrededor nuestro, y todos hablaban persa.

Natasha saludó a un tipo con mucha clase y pinta de científico. Se pusieron a hablar en persa, y la verdad es que me dio mucho queso ver cómo Natasha hablaba otro idioma más con tanta fluidez. Después de un rato se volteó hacia mí y me dijo:

—Este es el hombre a cargo de toda la operación, el Ingeniero Bahman Darbandi. Lamentablemente no habla español.

Ofrecí mi mano pero me la rechazó, supongo que porque la suya estaba radioactiva. Se disculpó con un gesto y dijo una vaina en persa.

—Dice que bienvenido –aclaró Natasha.

—Muchas gracias –contesté con cara de turista–, muy impresionante la operación.

Natasha se lo tradujo. El tipo sonrió agradecido y le respondió algo, y ella pareció gratamente sorprendida.

—Va saliendo un vagón y te está invitando a que te montes –dijo–, tienes suerte.

Caminamos unos veinte metros, pasamos por al lado de una sala de rezo, en la que había varios mineros arrodillados pegándole la frente a unas alfombras persas; y llegamos a un túnel oscuro con varios vagones de carga sobre unos rieles de tren. Nos abrieron la puerta del último vagón y nos sentaron en la parte de adelante.

Natasha me miró con orgullo:

—Una tonelada de uranio llevamos atrás.

—¿Pero no va a explotar esta vaina?

—Quizás –se rió.

El vagón arrancó y fue desarrollando velocidad rápidamente. Miré alrededor, tratando de procesar lo que veía… Era imposible de creer. ¿Cómo coño va a haber un tren subterráneo en la mitad de los llanos venezolanos? ¿De qué me están hablando? Y lo más loco eran los técnicos que trabajaban en la operación, todos eran extranjeros, y actuaban como si fuese normal que estuviésemos moviéndonos a toda velocidad, bajo tierra, en pleno Cojedes.

Natasha vio mi cara de incredulidad e intentó explicarme la vaina:

—A lo mejor recuerdas que Chávez le dio siete mil quinientos millones de dólares a Diosdado para que hiciera un tren de cuatrocientos ochenta kilómetros, desde Tinaco hasta Anaco…

—Algo me acuerdo…

—Era uno de los proyectos más ambiciosos de la revolución y se anunció con bombos y platillos en cadena nacional. Pero al final no se hizo porque Diosdado se quedó con casi todos los reales… y el resto los invirtió aquí.

—¿Este tren es de Diosdado?

—Del Cartel de los Soles, para ser exactos.

—¿Pero quién lo construyó?

—Ingeniería rusa, mano de obra china.

—¿Ningún venezolano? –reclamé con fervor nacional.

Natasha se rió burlona.

—Habría que estar muy loco para poner a un venezolano a construir en una zona llena de material explosivo.

Qué desprecio nos tienen, mi pana, qué cagada.

—¿Y se puede saber a dónde vamos? –pregunté.

—Al Aeropuerto Ezequiel Zamora, en San Carlos.

Yo no tenía mi celular, por lo que no podía chequear ninguna de esas informaciones. Pero tú que estás relajadex en tu casa leyendo esta vaina bien depinga, dale una buscadita tanto al proyecto del tren Tinaco-Anaco, como al aeropuerto Ezequiel Zamora, para que veas que toda esta mierda nos la montaron frente a nuestras narices.

Después de viajar como cuarenta minutos, llegamos a una estación, y el tren se detuvo. Los técnicos que nos recibieron no eran iraníes, eran rusos.

Bajamos y nos pidieron que pasáramos a una sala de espera. Desde ahí pudimos ver cómo movían el vagón a otros rieles, y sobre esos rieles a un ascensor de carga. Al rato el ascensor se cerró y comenzó a subir.

—Ven para que veas –dijo Natasha.

La seguí y nos montamos en un ascensor pequeño. Mientras subíamos la miré y me sonrió sin decir nada, con orgullo, como invitándome a ser parte de esa maravilla que, con tanto esfuerzo, había ayudado a construir.

El ascensor se abrió en la mitad de un hangar, en un aeropuerto militar. Desde ahí no se podía ver la magnitud de la pista, pero todo alrededor estaba pepito, como si lo acabasen de construir. Yo nunca había oído hablar de un aeropuerto en Cojedes. De hecho no creo que salgan vuelos civiles desde ahí. Pero en el centro del hangar había un Airbus A340–200, de una aerolínea llamada Mahan Air. El avión había sido acondicionado para llevar carga, y lo estaban llenando con los contenedores metálicos de uranio.

—Lo cierran con veintiocho toneladas y así vuela para Damasco. Ahí se divide la carga entre Teherán y Moscú.

No tuve que disimular mi impresión, porque a cualquiera la operación le hubiese parecido descomunal.

—Increíble –celebré.

—El mundo cambió, querido Juan. Ya nada puede detener a la revolución internacional.

Tragué hondo. De pana era demasiado. Me dio una mezcla de orgullo y de pánico comprender la importancia estratégica de mi humilde país en la geopolítica del planeta. Y ni hablar de la responsabilidad que tenía de comunicarle esta vainita a mis nuevos jefes.

MI PEO CON POMPEO

Salí de Caracas rumbo a Sao Paulo, con escala en Panamá. En teoría en Brasil me iba a reunir con mis socios de Odebrecht. Pero a penas aterricé en Panamá, dos agentes de protocolo me llevaron al piso de abajo y ahí me montaron en un carro sin placas, manejado por Carlos Ivan, el mismo tipo que me recogió en mi primer viaje al salir de la cárcel.

El pana era un maestro culebreando por la tranca infernal panameña. Me puso "Patria" de Rubén Blades a todo volumen, y se tiró como cuarenta minutos rodando hasta que llegamos al antiguo aeropuerto de Howard, una base militar gringa que sirvió de sede para el Comando Sur desde 1941 hasta el 2000.

Me bajé del carro y la Goldigger me recibió con un abrazo.

—Estoy muy orgullosa de ti –dijo con afecto.

—Todavía no me creo la vaina –respondí.

— En diez minutos hablamos con el jefe.

—¿Con Trump?

—No. Con Mike Pompeo, el director de la CIA. Trump no pinta nada en esto todavía.

—Ya… ¿Y qué le digo?

—Dile todo lo que viste.

—Voy a necesitar el cemento.

—Está claro. Hay que ver cómo lo pagamos porque esa mierda del petro es basura.

—Puedo pedir que me den una parte en dólares.

—Dile eso a Pompeo, quiero que te agarre confianza.

Caminamos hacia el hangar y yo me preparé para ver una escena de James Bond, con cientos de agentes en oficinas tecnológicas, pero lo que había era unos piches escritorios grises de colegio público, un par de computadoras Dell y dos gringos con cara de contables.

Al rato comenzó la conferencia y apareció Mike Pompeo en pantalla. La verdad el hombre no tenía pinta de espía, parecía el típico carajo que juega fútbol en el equipo de veteranos del Centro Italo Venezolano. Un tipo sangre liviana y simpaticón, era imposible entender que ese era el director de la CIA.

A su lado había otra pantalla en la que veía una imagen satelital de lo que supuse era El Baúl.

Pompeo me dio las gracias, pero me dijo que trackearon mis coordenadas y sólo encontraron la mina de feldespato.

—La de uranio está justo al lado de la de feldespato – dije en el inglés carcelario que había perfeccionado en San Quentin.

Me tomó un momento ubicarme en la imagen satelital:

—¿Se pueden acercar un poco a la izquierda? – pregunté.

Pompeo le hizo una señal al técnico, y este movió la la imagen hacia la izquierda. Claramente se veía la mina mayor, pero era imposible ubicar el hueco de la de uranio.

Al verme perdido, todos se comenzaron a mirar, y subió la tensión de la reunión. Si resultaba que yo era un habla paja, la vergüenza para la Goldigger sería total.

—¿Por qué lado te bajaste? –preguntó ella en tono didáctico.

—Creo que aquí –dije y señalé un punto en la pantalla.

—¿Nos pueden dar 80 grados en la lateral derecha? –pidió, y la imagen se movió lentamente.

—Aquí nos bajamos del helicóptero –señalé–, nos quedamos un momento viendo la mina de feldespato y después nos fuimos para atrás.

—Un poco más wide por favor –solicitó la Goldigger.

Se abrió la toma y vi el terreno. Se me había olvidado que caminamos como diez minutos, pero finalmente pude ver la reja a la que llegamos.

—Esa reja –dije–ahí habían soldados rusos e iraníes.

Todos pusieron atención. Alguien, a quien yo no veía, dibujó un círculo sobre la imagen y preguntó si me refería a ese lugar.

—Ese mismo, eso que ves ahí es una reja. Y si te mueves más adentro, encuentras una caseta con un ascensor.

La cámara se movió y, efectivamente, vimos la caseta, pero se veía sumamente pequeña.

—La mina está al lado de esa caseta –añadí–, pero te tienes que acercar más. Desde ahí no se ve.

El operador seleccionó alrededor de la caseta y se acercó, pero todavía no se distinguía nada.

—¿Estás seguro de que es esa? –preguntó la Goldigger.

—Seguro, pero se tiene que acercar más.

La imagen se acercó todo lo que pudo y finalmente, al lado de la caseta, apareció…

—¡Ahí está! –grité.

—¿Dónde? –dijo la Goldigger.

—Esa sombra, ese hueco que vez ahí, es un túnel como de diez pisos hacia abajo.

Todos se miraron, dudosos.

—¿Ese pequeño agujero es una mina de uranio? –preguntó Pompeo.

—Es enorme hacia abajo, y se va expandiendo hacia los lados bajo tierra. El hueco de arriba lo hicieron lo más pequeño posible precisamente porque saben que ustedes los están pillando. Y para eso quieren el cemento, para hacerle un techo y expandirse.

Pompeo le preguntó a un especialista si era posible tener una mina vertical, y le dijeron que sí, que incluso hay minas de seiscientos metros de profundidad.

—Juan –dijo Pompeo–, ¿supongo que no tomaste ninguna foto?

—Me quitaron el teléfono antes de entrar. Pero si pueden traquear la zona alrededor, es posible que noten un tren subterráneo que se lleva el uranio a un aeropuerto en San Carlos, desde el cual sale para Damasco.

Se cagaron de la risa, y yo me arreché. Entendía que parecía ridículo lo que estaba diciendo pero coño, era cierto. Miré a la Goldigger, molesto. Me hizo un gesto de que me calmase. Pero no le paré bola.

—Casi me matan por llegar ahí –dije muy serio–, y sin duda me matarán si se enteran que estoy aquí. Al menos no se rían.

Pompeo me miró sorprendido por mi arrechera. No sé si le pareció buena o mala señal, pero me habló sin arrogancia:

—Con todo respeto, Juan, la información que nos estás dando suena como salida de una película, y como fuente de inteligencia es inconclusa.

—Pero es cierta.

—Puede que lo sea, pero así como está yo no se la puedo llevar a mi jefe. La mitad de mi Departamento de Estado quiere mejorar las relaciones con Rusia, y buscarán cualquier excusa para cerrar este expediente. Se agradece tu esfuerzo, pero si esto es todo lo que tienes, será necesario profundizar la infiltración…

—Señor Pompeo, con todo respeto, yo vi con mis propios ojos cómo sacaban una tonelada de uranio en un tren y lo metían en un Airbus A340–200.

—¿Cómo se llama el aeropuerto? –preguntó el técnico.

—Ezequiel Zamora –respondí–, Aeropuerto Ezequiel Zamora en San Carlos, Cojedes.

La cámara se movió rápidamente, como hace Google Earth cuando uno pone una ciudad, y llegó el aeropuerto. Seguidamente el técnico hizo una búsqueda en una base de datos aeronáuticos.

—Me tengo que ir a otra reunión –dijo Pompeo y comenzó a ponerse de pie.

La Goldigger me miró como que todo estaba perdido, y yo me quería pegar un tiro. Todo ese esfuerzo para un coño. Capaz ni me aprobaban los reales para el cemento y me dejaban forever alone como a un pajúo.

Pero de repente, el técnico interrumpió:

—Esperen –dijo.

Todo el mundo se detuvo en seco.

—Hay un vuelo de Mahan Air –continuó–, que sale cada nueve días desde ahí para Damasco.

—¡Ahí está marico! –grité, y la Goldigger me pidió que le bajara dos.

Pompeo se acercó a la pantalla, y la cara le comenzó a cambiar.

—Frecuentemente –siguió el técnico–, el vuelo hace una parada en el Aeropuerto Las Piedras de Punto Fijo.

—Esa es la sede del Cartel de Paraguaná –dijo la Goldigger.

—En ocaciones –añadió el técnico–, se ha parado en Maiquetía, pero también lo tengo haciendo escala en Africa, en la Isla de Cabo Verde, y en el caribe, en la Isla de Granada.

—¿Granada? –preguntó Pompeo–, ¿qué estamos, en los ochenta? ¿Qué coño hacen en Granada?

—Casi siempre la ruta es de San Carlos a Damasco – dijo el técnico–, pero da la impresión de que hacen variaciones aleatorias, posiblemente para que sea más difícil de traquear.

Pompeo analizó la información con detenimiento y después dijo, impresionado:

—Esto sí es algo, Juan. Buen trabajo.

Le pinté una paloma a la Goldigger fuera de cámara, y sin dejar de mirar a Pompeo, solté relajado:

—A sus órdenes, Jefe.

Pompeo volteó a verme.

—¿Tú conoces a Leopoldo López? –preguntó.

—He estado en un par de rumbas con él, hace años. Me lo han presentado, pero no somos amigos ni nada.

—Denle a Juan lo que necesita para el transfer de cemento –dijo y todos tomaron nota–, hagamos un tracking del posible recorrido subterráneo. Y Vera, por favor, coméntale a Juan el plan de Leopoldo, me gustaría saber su opinión.

—Con gusto, director –dijo la Goldigger.

Pompeo me sonrió y se despidió diciendo:

—Juan, espero verte en persona pronto.

—Será un honor para mí –respondí.

Se cortó la comunicación y la Goldigger me dio un abrazo. Casi lloro de la emoción. Qué arrecha la vaina.

—¿Es en serio lo del tren? –preguntó.

—Te lo juro, Vera, yo no voy a inventar una vaina así.

—Es muy heavy lo que estás diciendo.

—¿Cuál es el plan de Leopoldo?

—Ya va, déjame procesar este peo, eres una fuckin estrella, mi amor.

—Aprendí de la mejor.

Se cagó de la risa. Sacó un cooler de debajo de la mesa, abrió unas birras y brindamos.

Era demasiado sabrosa la sensación. Siempre había querido sentirme parte de algo importante, pero esto era otro nivel: había dejado loco al puto director de la CIA.

—¿Cuál es el plan de Leopoldo? –le volví a preguntar cuando estábamos más relajados.

La Goldigger subió las cejas, como si a ella misma no le convenciera. Y comenzó a explicar:

—El año que viene se supone que hay elecciones presidenciales, pero Maduro sabe que no tiene chance y va a hacer una mamarrachada. A lo mejor lanza a Henri Falcón o algún otro chavista encubierto, harán campaña y todo, pero obviamente le darán la reelección.

Abrió otra birra, se tomó un trago, y continuó:

—Todo va a ser tan ridículo que será fácil convencer al mundo de que no reconozca la elección como legítima. Y ahí viene lo interesante –hizo una pausa y siguió–. Hay una herramienta en la constitución vigente que permite que en un caso como ese se declare la elección como desierta. Es decir, si nadie reconoce el sistema electoral, la Asamblea Nacional puede determinar que no hubo elección en el lapso correspondiente. Y entonces el poder ejecutivo lo asumiría el

Presidente de la Asamblea Nacional bajo el título de Presidente Encargado o Interino.

—Ok…

—A partir de enero la Presidencia de la Asamblea le toca a Voluntad Popular, por lo que el Presidente Encargado sería un man de Leopoldo.

—Está interesante –dije–, pero el gobierno se pasa por el culo la constitución.

—Yo sé, pero el mundo no. Y Leopoldo quiere convencer a los gringos de que reconozcan a ese Presidente Interino como líder legítimo del país hasta que se hagan elecciones libres.

—¿Y eso para qué sirve?

—Leopoldo dice que si los gringos lo hacen, los militares se van a voltear.

Me cagué de la risa.

—Los militares no se van a voltear –dije–, Maduro no pinta tanto como parece. No es como Chávez, hay ocho gobiernos en Venezuela.

—Yo pienso lo mismo. Pero Pompeo cree que vale la pena intentarlo. Su peo es Tillerson, el Secretario de Estado, trabaja para Exxon Mobil y la compañía está a punto de cuadrar el guiso del siglo para sacar petróleo de Guyana. Lo que menos quiere es un peo con Maduro.

—¿Y Trump qué pinta?

—Trump lo que quiere es ganar la reelección en Florida y sabe que un rollo con Venezuela lo ayudaría.

—¿Pero va a invadir o no?

—Hasta hace cinco minutos te hubiese dicho que no, ese man hace mucha bulla pero es demasiado pacifista y ve a todo el que no sea gringo como indio. Pero si podemos demostrar que hay aviones iraníes sacando uranio de Venezuela, hasta Lady Gaga va a querer invadir.

—Hay que moverse con lo del cemento.

—Tienes que hace un toque técnico en San Quentin.

—¿Por qué?

—Tú mujer…

—¿Qué dijo?

—Te quiere ver otra vez…

NOTA DEL COMPILADOR

Lo que sigue es la transcripción de los mensajes de Whassup intercambiados entre Natasha y un operador, no identificado, en Brazil.

NATASHA
Dime.

BRASIL 45
No llegó el hombre.

NATASHA
¿Seguro?

BRASIL45
Lo esperamos cerca de la puerta del avión, sin ser detectados, como usted pidió... y no salió nunca. La aerolínea confirmó que no venía abordo.

NATASHA
Copiado. Les aviso si necesito algo más.

ALEGRE DESPERTAR

Echarle un polvo a la jeva de uno, mientras se está preso, debe ser una de las vainas más románticas de la vida. Claramente, en ese contexto la hembra no está contigo por interés, y no son muchos los hombres que pueden afirmar que de perderlo absolutamente todo, tendrían una pareja que se quedaría a su lado incondicionalmente.

El cuarto de visitas conyugales en San Quentin es un habitación privada. No todos los presos tienen acceso a ella, de hecho es un peo que te permitan utilizarla, en especial si fuiste condenado por intento de asesinato. Cuando me dijeron que Scarlet había pedido que el encuentro fuese en el cuarto de visitas conyugales, supuse que Scarlet venía por lo suyo. Por más que sea, nuestro amor siempre fue muy físico y era lógico que volviera a serlo.

Me arreglé todo lo que pude y cogí aire para armarme de valor. Cuando me sacaron de la celda, se me hizo inevitable pensar en todas las formas de prisión que acababa de presenciar: Los presos políticos de La Tumba, las niñas de La Tumbita, los esclavos de El Baúl, los asesinos de San Quentin… Había una línea que nos unía a todos… Una línea que nos separaba de lo que pudimos ser. Es fácil distinguir la justicia que cae sobre los culpables, como yo, de la injusticia y el abuso de poder que castiga a los presos políticos. Pero…

¿y los esclavos? ¿Qué clase de país tiene esclavos en el siglo veintiuno? ¿Cómo hemos llegado a eso? Es cierto que los médicos cubanos son esclavos de los Castro y eso nunca le ha molestado a nadie. Pero es diferente, los médicos cubanos no están encadenados. Si no se escapan es porque tienen miedo o porque son cómplices de su propia esclavitud. ¿Pero nuestros presos? La mayoría son víctimas de un monstruo social que nunca les dio oportunidades, ni siquiera los juzgó, simplemente los tragó y los escupió para que trabajen y mueran.

La libertad es un fantasma ladrón, es imposible verlo cuando vive contigo, pero se lo lleva todo cuando desaparece. Nadie debería estar preso, la pena de muerte es mucho más piadosa que la pérdida de la libertad. Al que piense lo contrario le sugiero que pase un año preso. Yo se lo pago.

Cuando entré a mi habitación conyugal y vi la cama, de inmediato preparé mi estrategia. Todas las posiciones, todas las vulgaridades que le gustaban a mi amada, entraron al tambor de mi revolver, listo para disparar. Pero cuando se abrió la puerta y la vi entrar, entendí que no había venido sola. A su lado, la verdadera mujer de mi vida me sonreía con timidez.

—Hola Joanne –dije cuando cerraron la puerta.

Le tomó un instante responder. Estaba completamente roja, cohibida.

—Salúdalo –le dijo Scarlet.

Me miró con timidez, y susurró:

—Hola papá.

Se me fue el aliento a la garganta y solté un chasquido de llanto.

—Hola mi amor –dije y abrí mis brazos.

Joanne corrió hacia mí y me abrazó con fuerza, como si tuviese toda la vida esperando ese momento. Yo lloré sin poder contenerme. Le besé la frente, la cabeza, la apreté con desesperación contra mi pecho...

Scarlet también lloraba. Éramos finalmente una familia, la que siempre debimos ser. Los errores del pasado se sentían tan fáciles de borrar. De qué vale el rencor si el perdón nos devuelve la vida.

—¿Cómo has estado? –le pregunté a mi hija.

—Contenta –dijo.

—Yo también.

—Mi mami no se va a casar –sentenció.

Entendí rápidamente que Joanne me lo había contado por whassup sin permiso, y ahora me tocaba actuar como si me acabase de enterar. Pero no miré a Scarlet, ésta era una conversación entre mi hija y yo... Lo correcto era hablarle como si su madre no estuviese ahí:

—Pues me alegra mucho, mi vida, ojalá tu mami espere por mí.

Joanne sonrió y se me abrazó al cuello otra vez. La niña tenía toda su vida añorando un padre y yo, sin saberlo, tenía toda mi vida añorando una hija. Su mirada noble y calurosa me hizo recordar a mi mamá: Amable y sensible, cariñosa e inteligente. Joanne era tan bella como Scarlet, pero en su alma era una Planchard. Una Planchard de los buenos, de los académicos, de los trabajadores honestos, de los que yo fui antes de contraer esa maldita enfermedad llamada chavismo.

Le pregunté qué le gustaba y me enumeró como cien sabores de helado, quince películas, diez cantantes... Jugamos mímica y me puso a hacer como flamingo, como rana, como elefante. Mientras más ridiculeces le hacía, más se reía...

Lo que hubiese dado porque la viesen mis padres. Todo mi dolor desaparecería para siempre. Le hablé de ellos. Le expliqué que ambos eran educadores, mi mamá daba clases en una escuela primaria y mi papá en una gran universidad. Subrayé lo importante que era aprender y prepararse para el futuro. Me dijo que le gustaba estudiar sobre los animales, que amaba los acuarios.

Scarlet nos miraba con fascinación, en completo silencio, conociendo una faceta de mí que nunca había imaginado. Aquel periquero rumbero que conoció, resultó tener sensibilidad de padre. Era inesperado para ella, pero también para mí.

Cuando nos avisaron que sólo nos quedaba un minuto, Joanne me dijo que le encantaba ir a la playa y que estaba emocionada porque al día siguiente se iban para México.

Miré a Scarlet preocupado y me explicó que iban a Cabo San Lucas, una ciudad resort en la península de Baja California. No me gustó la idea. Los gringos creen que ir a Cabo es súper seguro, pero yo conozco a los mexicanos. Te cuidan cuando les conviene, pero a la hora negra te venden sin pensarlo. El propio Karl Marx dijo que los mexicanos son unos flojos de mierda cuya única esperanza está en que los yankees los dominen. Y todo lo que dijo Marx es cierto.

Por primera vez sentí lo que es ser un padre de familia. Si hubiese podido les habría prohibido ir. Pero como nuestro seno familiar apenas comenzaba, sólo les pedí que tuviesen cuidado y que se quedasen siempre en el hotel.

Llegó la hora de despedirse y Joanne me dio otro abrazo.

—Siempre he pensado en ti, papá –me dijo.

—Gracias, mi niña. Perdona que no te he podido dar lo que mereces, te juro que ahora todo va a cambiar y seremos la familia que siempre debiste tener.

—Espero verte pronto, yo sé que puedes salir –me dijo y me picó el ojo.

Se lo piqué de regreso y le prometí:

—Nos veremos antes de lo que imaginas.

Scarlet arrugó un poco los labios, como deseando que fuese cierto lo que decíamos. Le di un abrazo con fuerza y Joanne se metió en el medio y gritó:

—¡Sandwich familiar!

Scarlet me miró con sus ojos verdes y su sonrisa calmada, y yo besé sus labios con completa naturalidad, como si nada hubiese pasado y estuviésemos juntos como el primer día. Me acarició el rostro y le dije que la amaba.

—I love you too –dijo convencida.

Y así salieron de la habitación, llenas de alegría.

Después de un minuto llegó un guardia, me recogió y me llevó por los mismos pasillos por los que había venido desde mi celda. Pero mi mente ahora pensaba todo lo contrario a lo que había pensado entonces. No sólo agradecía no haber muerto, sino que de algún modo también agradecía haber estado preso. Incluso pensé que el mundo fuese mejor si cada cierto tiempo encerraran a la gente en la cárcel. Dicen que hombre sin hija no es gente. Yo añadiría que hombre que siempre ha sido libre no tiene idea de lo que significa la libertad, y por tanto, probablemente, no la merece.

LA PUTA ELÉCTRICA

Al día siguiente, en mi celda, recibí una llamada de Natasha:

—¿Cómo te fue en Brasil?

Me pareció rara la pregunta, y recordé que me había amenazado con ponerme un iraní en el culo, por lo que quizá me había espiado.

—No fui a Brasil –dije con sequedad–, no hizo falta.

—¿Por qué?

—Porque la transacción es sencilla y la cuadré desde Panamá en una línea segura.

—¿Y ahora dónde andas?

—En Los Angeles.

—¿Por qué?

—Porque vine a cerrar unas vainas, no creas que tu cementera es mi único trabajo.

—Uy, qué hombre tan misterioso. ¿Cuál es el plan?

—Necesito dos palos en dólares por delante. Todo lo demás puede ser en petro, si así lo prefieren.

—¿Para quién son los dólares?

—Tengo que mover personal, maquinaria, camiones, permisología,… en Brasil nadie acepta petros.

—Vente a Caracas y cuadramos.

—Dale. Te aviso cuando llegue.

Natasha sonaba preocupada, pero eso no era poco común en guisos de alta magnitud. Uno siempre siente que todo se va a caer, o que todos te están engañando.

La Goldigger se tiró una semana cuadrando lo del cemento y yo no quería volver a Venezuela sin tenerlo listo. A los ocho días llegué a Caracas.

Natasha me pidió que fuera a verla en su apartamento. Vivía en un penthouse del ala residencial del antiguo Four Seasons, en la Plaza Francia de Altamira.

Agarré uno de los taxis del hotel y llegué a verla al principio de la noche. La jeva me abrió vestida como para rumbear, lo cual generalmente significa vestida para culear. Entré y me la caí a latas. Le agarré el culo por debajo de la minifalda y la levanté sobre la mesa de la cocina. Estaba listo para penetrarla cuando me empujó y me apartó.

—Primero los negocios –dijo y se bajó la falda, toda recatada la muy puta.

—No seas ridícula –sonreí–, primero el polvo y después el vuelto.

—Ven –dijo y salió de la cocina.

La seguí por el pasillo y entramos a una habitación desde la que se veía el obelisco de la plaza. Era un cuarto pequeño, con una silla en el medio. Las paredes estaban cubiertas de terciopelo vino tinto, con varios ganchos de metal de los que colgaban correas de cuero, vibradores, máscaras, fuetes, látigos, esposas, mordazas, bolas chinas, latex, pinchos; todo muy limpio y de muy alto nivel.

Cerró la puerta y con un gesto me ordenó que me sentara en la silla. Como yo andaba medio angustiado, pensé que no me vendrían mal unos fuetazos para liberar la tensión. La jeva estaba muy buena, y era obvio que la dominación era su fuerte.

La silla tenía cinturones de cuero para cada brazo y para cada pierna. Me senté y Natasha me los fue amarrando, uno por uno, mientras arrastraba sus labios por mi piel. Era como un pulpo, con una mano cerraba una hebilla y con la otra me iba acariciando, y así lo hizo con cada una de mis extremidades. Luego se separó de mi cuerpo y desfiló a mi alrededor, dándome la espalda, mirando a la pared, como si estuviese eligiendo cautelosamente el juguete con el que me iba a castigar. Finalmente agarró un látigo, lo observó como si nunca lo hubiese visto, y sin previo aviso soltó un latigazo brutal contra contra el terciopelo... El coñazo se escuchó hasta en la Cota Mil... La vaina era en serio, nivel ruso, y me mentalicé para aguantar con todo y disfrutar con yodo.

Soltó el látigo, se acercó y me comenzó a lamer la cara. No sé qué coño hacia pero por donde pasaba su lengua me erizaba los pelos. Cada movimiento me excitaba, me hipnotizaba... Olía divino... Pero no era un asunto de perfume, era su piel la que olía a sexo fuerte...

De repente me metió un bofetón que casi me noquea. La miré y me sonrió con cariño infantil, se me montó encima como para consolarme y yo traté de agarrarla, pero ya era muy tarde, la perra me había amarrado brazos y piernas.

Estaba totalmente cautivo, a su merced y vuelto loco del queso.

Me cayó a latas por un rato largo, me subió la camisa, se levantó la falda, me pegó la cuca pelada en la barriga y la fue deslizando hacia arriba, por el pecho, por cuello, por la barbilla, hasta ponérmela frente al rostro; pero cuando estaba a punto de besársela me la quitó, me dio otro bofetón y se me bajó de encima.

Volvió a caminar alrededor de mí y se detuvo a mis espaldas. Sacó otra correa y me amarró el cuello a la silla, dejándome completamente inmóvil.

Esa parte ya no era tan sexy, pues sentía que en cualquier momento me podía estrangular.

—Un poco mucho –murmuré nervioso.

—No tienes idea –respondió.

Me metió la mano en el bolsillo, me sacó el celular y lo apagó.

—Para jugar se necesitan dos –dije un poco molesto.

—Nadie está jugando –musitó con seriedad.

Se apartó y agarró un control remoto, apretó un botón y las cortinas de terciopelo rojo que estaban frente a mí, se abrieron dando paso a un televisor enorme.

Tardó unos segundos en aparecer la imagen. Pensé que me pondría una porno rusa medio cochina, que revelaría aún más sobre su enfermedad sexual. Pero no… Cuando la imagen se formó sobre el televisor, pude reconocer lo más preciado que tenía en la vida…

Joanne, mi hija, mi niñita de seis años, amarrada a una silla como yo, muerta de miedo, sola, mirando a los lados sin saber cómo había llegado hasta ahí. Su mirada suplicaba que la dejasen volver a casa, con su mamá.

—¿Qué es eso, vale? ¿Tú estás loca? –protesté casi llorando.

—Loco estás tú, querido –respondió.

—¿Qué te hice yo?

—Te metiste en el corazón de una operación ruso–iraní, y te fuiste directo a hablar con Mike Pompeo.

Me cagué. La información era tan precisa, pero mi instinto amateur fue la negación.

—¿De qué hablas?

—No seas ridículo, Juan, yo misma escuché la conversación –replicó–. ¿Recuerdas cuando le diste tu celular a Pantera?

Me mostró mi celular, abrió el protector y señaló un pequeño micrófono pegado a la parte de abajo, casi imposible de detectar.

Miré hacia abajo. Era el final, sin duda, no tenía chance ni de negar, ni de ganar. Y lo de menos era yo, el verdadero horror era imaginar lo que le harían a mi hija. En mi mente explotó la imagen de la cabeza de mi madre en el puente sobre el lago de Maracaibo. Me quería morir. Mis acciones ya estaban dañando a mi hija, como lo hicieron con mis padres… Nunca me lo perdonaría.

—Ella no tiene nada que ver –dije implorando piedad.

—Yo sé.

—Es una niñita, Natasha, déjala ir, por favor.

Apagó el televisor y me miró.

—Depende de ti…

—Yo hago lo que sea –dije convencido.

—Tienes acceso a Pompeo, lo cual es interesante para nosotros.

—Listo –le dije–, dime lo que necesitas y lo consigo. Si quieres lo mato, lo espío…

Me miró con una sonrisa.

—Eres demasiado fácil –dijo–, pero es difícil confiar en ti después de todo.

Se puso de rodillas frente a mí.

—Yo estaba preso en California –supliqué–, me obligaron a hacer esta vaina, yo soy revolucionario por convicción, siempre he odiado a los gringos, haría lo que sea por el socialismo. Pero la presión fue muy heavy.

—Algunos hemos soportado presión, incluso estando presos –respondió con resentimiento.

La jeva había sacrificado hasta su clítoris por su causa, no había manera de que mi acuerdo carcelario la conmoviera.

Se me acercó arrodillada y comenzó a desabrocharme el pantalón. Yo no sabía qué coño hacer. Ella tenía completo control sobre mí, física y moralmente. Tenía razón en verme como traidor absoluto, sin duda pensaba que merecía morir. Pero si había una parte de ella que me consideraba útil para un proyecto más ambicioso, yo tenía que hacer todo lo necesario para ganarme su confianza.

Me bajó el pantalón y el boxer, agarró mi palo completamente flácido y se lo metió en la boca. Pensé que no tenía mejor opción que echarle un polvo, seguir acercándome a ella y tratar de ser el mejor agente doble de la historia.

Era difícil concentrarse, ya lo del avión se había sentido como una violación pero esto era otro nivel. La rusa le daba vueltas a mi paloma con su lengua y yo no sabía si llorar o reír, si sentir placer o dolor. Estaba claro que para ella el sexo era una herramienta de poder, pero también estaba claro que sabía dar placer. Y poco a poco, casi a mi pesar, comencé a excitarme.

Me miraba a los ojos mientras me lo mamaba, pero no era la típica mirada seductora de una buena mamadora de guevo, era una mirada de odio. Como si envidiase mi placer, como si yo fuese el culpable de su desgracia física. Era muy arrecho sentirse tan vulnerable, tan detestado, y a la vez, pensar que te tienes que excitar porque de eso depende tu vida y la de tu hija.

Supuse que de esto se trataba una violación en tercer grado, cuando la víctima no puede hacer nada para detenerla, por lo cual le sigue la corriente al violador. De pana, es preferible que te violen y ya. Esto era como ser cómplice de tu propia violación. Pero coño, por más que sea, la jeva sabía mamarlo y me lo mamó como por cinco minutos, y lo logró. Me paró la verga firme y robusta y me la siguió mamando por dos minutos más… Cuando vio que la tenía completamente lista para echar un polvo, se detuvo y se la sacó de la boca.

Asumí que su próximo movimiento sería sentarse encima mío para que la cogiera. Ya a estas alturas me provocaba, no sólo por razones sexuales sino, sobre todo, para demostrarle mi compromiso con el sueño revolucionario.

Pero la jeva no se me montó encima. Se quedó arrodillada y metió su mano debajo de la silla, pasó un suiche y sacó un cable con una punta de cobre que parecía... ¡Un fuckin cable eléctrico!

—Sorry Juan –dijo.

—¿Qué es eso? –pregunté en pánico.

Apretó un botón y de la punta del cable salió un hilo de electricidad.

—No pana, estás loca –grité.

—Loco estás tú –replicó y...

¡Me pegó la electricidad en la paloma!

Gritar, compañero. Tú no sabes lo que es gritar. Tú crees que sabes lo que es gritar, pero tú no sabes lo que es gritar. Gritar sin querer gritar, simplemente porque el cuerpo se está contrayendo completamente y en esa contracción participan los pulmones. Era como un orgasmo prolongado pero al revés, en el que no sentía placer sino dolor en cada parte de mi cuerpo. Todos mis órganos se sacudían como el de los ejecutados en las antiguas sillas eléctricas... Y el calor... hasta la lengua me quemaba el paladar....

Después de lo que se sintió como cinco o seis años, la rusa alejó el cable de mi palo y apagó el suiche. Por varios segundos seguí sintiendo la electricidad, subiendo y bajándome por todos lados. A mi pene flácido y oscuro, le salía humo. Estaba quemado, electrocutado.

Natasha se puso de pie:

—Es poco probable que puedas tener hijos después de esto –dijo calmada–, por lo que tu querida niña se convierte en alguien aún más preciado para ti.

Se me puso detrás y me cerró la boca con un tirro negro de electricista. Yo no tenía fuerzas para resistir, ni para protestar. Ella continuó hablando con frialdad:

—Voy un rato a Miraflores y regreso a explicarte lo que vamos a hacer.

Y así, como si nada, salió de la habitación.

La escuché caminando hacia la cocina. Se sirvió un vaso de agua, agarró su cartera y sus llaves; y se fue del apartamento dando un portazo.

El silencio que dejó era sepulcral. Mi cuerpo parecía desmayado. Mi mente estaba en blanco. Mi corazón me retumbaba en la sien, en los hombros, en la garganta.

Normalmente me hubiese querido matar, encontrar la manera de escabullirme para suicidarme. Pero ahora tenía una hija, cautiva, por culpa mía. Había que hacer todo lo posible para salvarla.

Pensé en Pantera, me dolió mucho que le pusiera un micrófono a mi celular. Pero supuse que era inevitable traicionarme. Hay dos tipos de venezolanos, los que se van del país apenas pueden, y los que se quedan porque quieren. Yo piré apenas pude. Pantera ya tenía dinero para irse a cualquier lado, pero no se iba porque se quería quedar. Esa diferencia es más grande de lo que parece, y es una brecha que nos separará por siempre, a todo el país, pero en particular a Pantera y a mí. Era normal que él hiciese lo necesario para sobrevivir en esta tierra, su tierra.

Pensé en Joanne, ¿cómo habían llegado a ella? No era difícil imaginarlo, si me tenían pillado el celular sabían quién era y que iba para México. Fucking México, tan lejos de Dios y tan cerca de los Estados Unidos. Yo sabía que no debían ir para allá. Maldita sea. A estas alturas Scarlet estaría desesperada, suplicándole a los cómplices de la policía local que la ayudasen a localizar a su hija. Nadie en el hotel sabría qué decirle. Toda la región fingiría demencia.

Intenté mover mis manos, pero no había manera de soltarse. Traté de calmarme y enfocarme para estar listo cuando ella llegara. Había que convencerla de que superara mi error. Explicarle que así como la había engañado a ella, podría engañar a cualquier gringo. Estaba en una posición privilegiada dentro de la CIA y eso era una oportunidad de oro para la revolución.

Pasé unos segundos así, pensando, planificando, respirando profundo. Hasta que escuché un ruido en la puerta…

EL GATO VOLADOR

No era el ruido de una llave, era como si alguien estuviese tratando de forzar la cerradura.

Me entró culillo, en Venezuela siempre puede llegar alguien peor que el que te acaba de electrocutar la paloma. Pero no había nada que hacer, solo esperar y rezar.

Finalmente abrieron la puerta. Escuché unos pasos fuertes, de hombre, y casi me hago pupú cuando vi entrar en la habitación a un tipo alto, encapuchado, con el uniforme de la Brigada de Acciones Especiales del CCCP, con un chaleco antibalas y todo el cuerpo forrado de armas, cuchillos, linternas, esposas…

—¿Juan Planchard? –preguntó en una voz suave.

Asentí con la cabeza.

—Ya lo vamos a sacar de aquí –dijo y caminó hacia la ventana.

Abrió el vidrio y sacó de su espalda una especie de tubo de metal con un disparador adjunto. Apuntó hacia el obelisco, apretó el gatillo y del tubo salió volando un chupón amarrado a una cuerda. No pude ver dónde pegó, pero el hombre chequeó la tensión de la cuerda y pareció satisfecho.

Dio unos pasos por la habitación y amarró el tubo con la cuerda a una columna. Volvió a chequear la tensión, probó jalando con fuerza y nuevamente se vio complacido.

Se volteó, caminó hacia mí y comenzó a desabrochar las correas que me ataban. Me liberó las manos y me subí el pantalón.

—Levante los brazos –dijo y le hice caso.

Me puso un chaleco y lo amarró al que tenía puesto.

—Nos vamos –dijo con voz firme.

A estas alturas yo pensaba que era un bicho de la CIA, aunque me parecía muy raro que la CIA mandase a un venezolano vestido con el uniforme de la policía científica bolivariana. Pero su voz serena y su clara formación técnica me dio calma, sentí que era de mi equipo, sin duda más de mi equipo que la loca de mierda rusa esa.

Con mi cuerpo enganchado al suyo, se acercó a la ventana y enchufó el chaleco a la cuerda. Ahí entendí cuál era el plan: Una línea de rappel nos conectaba con el obelisco de la plaza. Me dio un vértigo arrechísimo, pero antes de que me diese tiempo de cagarme, el carajo brincó…

El penthouse estaba en un piso veinte. Cualquier resbalón, cualquier falla en el chupón que nos unía al obelisco, sería fatal.

Todo Chacao estaba a nuestros pies. Volábamos a una velocidad vertiginosa. No tenía ni idea de cómo íbamos a frenar. Pero confiaba por instinto en ese hombre que lo estaba arriesgando todo para salvarme. Pensé que todavía quedaban héroes en este país, y eso me pintó la cara de color esperanza. Me puse cursi y todo, comencé a tararear "llevo tú luz y mi aroma en tu piel", hasta que…

¡Boom!

El tipo amortiguó el impacto contra el obelisco, y nos deslizó por una cuerda que caía desde nuestro punto de aterrizaje hasta el suelo.

Cuando tocamos piso nos recibieron dos funcionarios vestidos igual que él, nos desamarraron y se montaron en un par de motos Kawasaki KLR650.

El encapuchado que me rescató señaló a un tercer funcionario, que esperaba por mí. Cuando me volteé a verlo, escuché su voz:

—Véngase jefe, chola.

¡Yo sabía, no joda, Pantera no me iba a dejar morir!

Corrí hacia su moto, me monté y salimos a toda mierda por la plaza en dirección a la autopista.

Éramos tres motos con seis personas abordo. Zigzagueamos entre los carros, pasamos al lado del viejo cine Altamira y pillamos que en la entrada de la autopista había una alcabala de la Guardia Nacional.

Pero los míos no disminuyeron la velocidad.

—Agárrese jefe –dijo Pantera.

Las tres motos esquivaron la alcabala por la derecha y se lanzaron cerro abajo por el monte que va en paralelo a la autopista.

Los guardias se quedaron locos, sacaron sus bichas y ¡PAH PAH PAH! ¡Abrieron fuego!

Escuché los zumbidos de las balas pasándonos cerquita, por todos lados.

Entramos a la autopista rumbo al oeste, rodando a toda máquina. Pensé que salimos lisos y nos habíamos escapado, hasta grité celebrando con euforia. Pero al pasar por debajo del puente que va al Tamanaco, nos empezaron a disparar desde arriba.

Le pegaron a un carro que venía detrás de nosotros y el carro se coleó y conectó con una camioneta que venía en el canal de al lado.

No vi el coñazo, pero sonaron como seis carros más estrellándose uno tras otro.

Seguimos palante a toda mierda y no sé de dónde coño salieron tres guardias nacionales, con motos Kawasaki igualitas a las nuestras, a perseguirnos por la autopista.

—Agarre la bicha, jefe –me dijo Pantera y se tocó la pistola que tenía en la cintura.

La agarré, la cargué y me preparé para echar plomo. Los guardias llevaban una velocidad respetable, pero los nuestros eran mucho más arriesgados. Seguimos por la autopista y pasamos entre Plaza Venezuela y la UCV, la zona más oscura de toda la ruta… cualquier mal movimiento podía ser fatal.

Un guardia se nos fue acercando. Pantera maniobró y logró que un Corola y un Caprice Classic nos separaran de él. Pero el guardia les dio la vuelta y se nos vino encima. Pantera lo pilló y frenó de repente… y así obligó al guardia a pasarnos de lado. Entonces Pantera cruzó dos canales hacia la derecha, de un solo coñazo, y se montó en el hombrillo.

El guardia comenzó a moverse en la misma dirección. Pantera lo estuvo midiendo por dos, cinco, diez segundos; hasta que se lanzó por completo hacia el otro lado…

La confusión hizo que el guardia se moviera en falso… Se le fue el timón y perdió el control de la moto, cayó al pavimento y rodó como treinta veces sobre su cuerpo… Al final levantó la cabeza y al segundo le pasó un camión por encima y lo aplastó.

Pasamos por las torres de Parque Central, bordeando el río Guaire. Quedaban dos guardias persiguiéndonos.

Uno de ellos se nos fue acercando por la lateral izquierda. Yo me volteé a verlo justo cuando el tipo sacó una pistola, y… ¡PAO PAO!

¡Soltó dos plomazos en nuestra dirección!

Pantera se movió bruscamente y la moto se nos coleó… Nos fuimos de lado y estábamos a punto de rodar cuando chocamos contra una pickup que nos hizo rebotar, y no sé cómo coño Pantera logró retomar el control otra vez.

La pickup metió un frenazo y un Jeep se le clavó por detrás. El coñazo levantó a la pickup. El Jeep trató de frenar pero no pudo, y la parte de atrás de la pickup se le incrustó de frente, reventándole el parabrisas.

Pantera aprovechó la cortina y se lanzó otra vez para el hombrillo.

—¡Dele plomo, jefe, dele plomo! –me gritó.

Me volteé sobre el torso, sostuve la pistola firme con la mano derecha, me apoyé en la izquierda y apunté… pero no tenía buena mira… había dos carros a mi lado y el guardia se estaba escondiendo tras ellos.

Lancé un tiro al aire y el chofer de uno de los carros se cagó, frenó y se coleó.

El guardia reaccionó antes que yo y nos disparó: PAO PAO... Pero no nos dio... de milagro...

—¡Dele jefe, coño! –vociferó Pantera y yo me volví loco: ¡PAH PAH PAH PAH PAH!

Le vacié la bicha completa, y no se si le di, o si simplemente lo asusté, lo cierto es que perdió el ritmo... Intentó maniobrar como por cinco segundos, y cuando parecía que iba a lograr enderezar la Kawasaki, se fue de boca; rodó como veinte metros hasta que se salió de la ruta, voló diez metros más y aterrizó de cabeza en el Guaire.

Pantera metió la máquina completa.

El tercer guardia, al ver que estaba sólo, disminuyó la velocidad y se fue quedando atrás de nosotros. Pero el muy traidor nos comenzó a echar plomo, desde lejos: BLUM! BLUM!

Las motos de los nuestros se movieron en todas las direcciones para esquivar las balas. Tendría una Ingram o alguna automática de alto calibre, porque los proyectiles caían por todos lados.

Me cagué en serio, el carajo estaba practicando tiro al blanco con nosotros. Los míos abrieron fuego contra él, pero apuntando hacia atrás y con las luces de todos los carros obstruyendo la vista, no era fácil. El guardia tenía ventaja.

—¡Recargue y dele, jefe! –gritó Pantera y señaló el cartucho.

Lo agarré, saqué el seguro, metí el backup, cargué la bicha, me volteé, y comencé a disparar yo también, como pude.

Se armó una plomamentazón. Me encomendé a Cristo, acepté que iba a morir y supliqué que me perdonara. Pero de inmediato recordé a Joanne y sentí que no… yo no podía dejarme matar así.

Volví a recargar, me giré y eché plomo, implorándole a Dios que guiara mis balas hacia el coco de ese guardia hijo de puta.

No sé si ocurrió, pero uno de los proyectiles del tipo dio en el retrovisor lateral de una Toyota vieja. El carajo que manejaba la camioneta se chorreó, se tiró hacia un lado y le dio a una Terios. Pero el de la Terios también reaccionó pésimo y se terminó volteando y arrastrándose por el asfalto echando chispas, como veinte metros, hasta que se estrelló contra una barrera del barrio La Coromoto.

El guardia finalmente se cagó y se quedó atrás, y nosotros seguimos adelante, sin confiarnos.

Salimos de la autopista por la Yaguara. Le sacaron lo que le quedaba de máquina a las motos en la ruta que va a hacia El Junquito.

Después de como media hora rodando, llegamos a una casa medio escondida, en el kilómetro dieciséis del sector Araguaney. Allí otros oficiales que nos estaban esperando metieron las motos detrás de unos arbustos. Nos bajamos y caminamos chola hasta entrar por la puerta de atrás.

Yo no sabía ni cómo ni a quién agradecerle, pues hasta ahora sólo entendía que mi vida la había salvado Pantera con un grupo de encapuchados. Pero entonces, el líder, el hombre que había entrado a casa de la rusa para liberarme, el que había saltado en rappel para rescatarme; se quitó la capucha y se me acercó para saludar.

Yo no podía creer lo que veía: Sus ojos de gato, sus facciones blancas en piel trigueña... La firmeza de un guerrero con formación, que no teme ser amable porque se sabe capaz de todo... El mito, la leyenda... El último gran héroe venezolano, me estrechó la mano y se presentó:

—Inspector Oscar Perez, para servirle.

DIOS ES NUESTRO ESCUDO

Subimos al segundo piso de la casa y encontramos un grupo de oficiales comiendo chino que nos saludaron con cordialidad. Me ofrecieron unas lumpias y me las zampé fondo blanco. Era una casa típica clase media de la zona, con techo triangular de madera. No tenían muchos muebles y se notaba que dormían en el piso. El armamento estaba en un rincón, colocado de manera muy disciplinada. Más allá del espíritu rebelde, estos no eran guerrilleros, eran funcionarios de la división más preparada de la policía del país.

Pantera me hizo una señal de que lo siguiera y nos sentamos en la mesa de la sala.

—Tienen a su hija, jefe –dijo sin ceremonia.

—Yo sé.

—Está ubicada en una de las cabañas de alojamiento de la guardia, en la mina de Valle Hondo.

Me dio escalofríos imaginar a mi niña rodeada de guardias. Después de mi visita a la tumbita me quedó claro que nuestros militares son mucho más pervertidos que nuestros presos.

Oscar Pérez se acercó a nosotros. En la luz de la sala, noté que tenía el cabello decolorado como un raver. Abrió un mapa de la mina e hizo un círculo alrededor del lugar donde estaba mi hija.

—Cuando vean que me escapé –dije–, la van a matar.

—No les sirve de nada muerta –replicó Oscar Pérez.

Eran las mismas palabras que hace unos años me había dicho el comisario de la policía, cuando secuestraron a mi mamá.

—Les sirve de venganza –respondí.

Miró al suelo y pareció reflexionar. Respiró profundo, se volteó a verme y me dijo con firmeza:

—Le podemos ayudar con un operativo de rescate.

—Por favor –supliqué agradecido.

—Pero tenemos que salir ahora mismo, cada minuto cuenta.

—Listo. Sólo dígame cuánto es.

Me miró extrañado.

—Aquí no estamos haciendo nada por dinero –dijo y señaló a Pantera–, los gastos operativos ya los pagó el señor.

Miré a Pantera, me puse emocional y estuve a punto de decirle cuánto lo quería, y lo importante que era esto para mí, cuando me interrumpió:

—No se me ponga cariñoso, jefe, no hay tiempo.

—¡Luis! –gritó Oscar Pérez a uno de los que estaba comiendo chino–, prepara la aeronave que vamos saliendo.

Rodamos como tres kilómetros en las motos, hasta llegar a un terreno baldío en el que encontramos un helicóptero privado bastante viejo. Tenía las hélices encendidas, pero las luces apagadas. No era el mismo con el que Pérez había levantado su bandera que pedía libertad.

—Vamos a tener que volar a oscuras –dijo Oscar Pérez antes de montarnos–, no hay ningún otro helicóptero en el cielo nocturno de todo el país. Si ven una sola luz nos reconocen y nos bajan. Toca mantenerse en altura mínima .

Sonaba como un suicidio, volar desde El Junquito a Cojedes a oscuras, sin luces, sin ser detectados… Yo estaba dispuesto a lo que sea, no tenía nada que perder y mi hija estaba de por medio. Pero… y él… ¿qué podía ganar de todo esto?

Se sentó en el asiento del piloto. A su lado iba otro funcionario, de copiloto, y Pantera y yo nos sentamos atrás junto a una jeva morena, fuerte, ruda, también de la Brigada de Acciones Especiales. Le decían Marvila, la Mujer Maravilla.

El helicóptero estaba decente a nivel tecnológico. Tenía varias pantallas con radares que iluminaban nuestros rostros y hacían que todo alrededor pareciera más oscuro.

—Procedemos con el ascenso –dijo Oscar Pérez y comenzamos a volar.

Se fue directo a cruzar la montaña y desde ahí nos mantuvimos por zonas despobladas rumbo a Cojedes.

Ya había pasado más de una hora desde mi rescate, pero tenía la esperanza de que Natasha todavía no hubiese regresado de Miraflores. Nadie tenía por qué haberse enterado de que piré. La persecución por la autopista no fue causada por mi fuga sino por la alcabala de Altamira.

El vuelo se sintió como una montaña rusa, debido a la necesidad de mantenernos cerca del suelo. Yo no sé cómo hacía el hombre, a lo mejor sus ojos de gato le permitían ver en la oscuridad. Nunca estuvimos a más de treinta metros de altura. Cuando cruzábamos por encima de un cerro, subíamos con él, y cuando bajábamos lo hacíamos pegaditos a la tierra.

Finalmente aterrizamos en un sector llamado Las Queseras, en las afueras de El Baúl. Nos recibieron otros oficiales del BAE, estaba claro que la red de Oscar Pérez tenía presencia en todo el país.

Entramos a una casa que parecía abandonada y nos pusimos a mear. No quiero ni hablar de las condiciones en las que tenía mi paloma: No era chorizo, era morcilla. Muy triste. Inaceptable.

Oscar Pérez estaba a mí lado y no pude evitar preguntarle:

—¿Por qué me está ayudando, hermano?

Lo pensó, y tras un silencio contestó:

—Yo tengo tres hijos, si aceptamos que a usted le secuestren a su hija, vendrán por los míos después.

No era un tipo dado a grandes discursos, parecía simplemente un hombre que tenía clara la barrera entre el bien y el mal, esa que nunca hemos podido comprender la mayoría de los venezolanos.

—Además, lo que usted encontró tiene un gran valor – continuó–, y a lo mejor les podemos hacer algo de daño esta noche.

—¿Cómo vamos a llegar para allá?

—¿Usted sabe cabalgar? –preguntó y yo me cagué de la risa.

Pero la vaina era en serio, el plan de los tipos era llegar a caballo. Yo de carajito había agarrado unas clases de equitación en el Izcaragua Country Club, pero no me había montado en un caballo en más de veinte años.

Me dieron una yegua llamada Jamaica, y arrancamos en caravana por caminos semi pantanosos. Cuatro hombres y una mujer, a caballo, cruzando la noche para rescatar a una niña en el corazón de una operación criminal de dos potencias militares. No parecía que teníamos chance, pero había algo medio loco en lo artesanal del operativo, que lo hacía sentir correcto.

—¿Usted piensa –me preguntó Pantera desde su caballo–, que hay elementos explosivos en esa mina?

—Yo no sé nada de química ni de minería, pero entiendo que el uranio se utiliza para hacer bombas. Supongo que el que explota no es el uranio en estado natural, pero coño; es como la hoja de coca, no será perico pero igualito te despierta.

—El plan es el siguiente, jefe –dijo mientras todos escuchaban–, vamos a generar una explosión que debería poner a todo el mundo a correr.

—Copiado…

—Por el lado opuesto a la explosión, abriremos otro frente, de manera que todo el que se aleje de las llamas, se encontrará con nosotros.

—Pero sin matar a nadie –añadió Oscar Pérez.

—Sin matar a nadie, inspector, estamos claros – confirmó Pantera.

—Si el señor Planchard se ve obligado a actuar para salvar la vida de la niña, eso es otra cosa –aclaró Oscar Pérez.

—Así es, inspector –afirmó Pantera con respeto.

No era menor el honor que me hacían: todos estaban ahí para protegerme, pero yo era el único que tenía permiso para matar.

—Mientras nosotros generamos el frente –continuó Pantera–, el señor Planchard va a entrar por el medio, directo a la casa donde está su niña.

—Ustedes me dicen a dónde y yo le doy –afirmé.

—Si todo sale bien habrá un sandwich entre nuestro frente y la explosión, por lo que usted debería tener toda la pista para la incursión, el rescate y la retirada.

—Y una vez que tenga a la niña, ¿para dónde voy?.

—Se devuelve por donde vino y se la trae hacia donde estamos nosotros.

—¿Y nadie viene conmigo?

—Estamos para apoyarlo, jefe, pero si alguno de nosotros cae en esta batalla, se nos viene abajo toda la insurgencia.

—Está claro –dije sin pensarlo–, demasiado están haciendo por mí.

Cabalgamos como veinte minutos hasta que llegamos a unas acacias rojas. Marvila, la mujer maravilla, abrió un bolso que cargaba a sus espaldas, sacó un dron y comenzó a prepararlo para el vuelo. Después de armarlo, le colocó dos granadas incendiarias en la parte de abajo.

Me dieron un radio con audífono, un chaleco antibalas y una AK–103, que es una Kalashnikov liviana, con mira láser y visión telescópica nocturna.

Yo no hallaba cómo agradecerles, pero nadie actuaba como si estuviese allí por mí, todos creían en la lucha con un nivel de idealismo del que yo jamás había sido testigo.

Oscar Pérez puso su brazo sobre mi hombro derecho y Pantera me abrazó por el izquierdo. Los otros dos funcionarios se unieron y formamos un círculo mirando al suelo, como los jugadores de fútbol americano antes de una jugada. La unión me daba fuerza y la adrenalina me estaba por reventar el pecho. Entonces Oscar Pérez comenzó a rezar:

—Tomando en cuenta la misericordia de Dios, hermanos, les ruego que cada uno de ustedes, en adoración espiritual, ofrezca su cuerpo como sacrificio vivo, santo y agradable a Dios. No se amolden al mundo actual, sino sean transformados mediante la renovación de su mente. Así podrán comprobar cuál es la voluntad del creador, buena, bendita y perfecta.

Todos respondimos "Amén", y cada uno fue tomando su posición y preparando su armamento.

Me dieron unas tenazas para abrir rejas y me indicaron que caminase cincuenta metros pegado a una barrera de matorrales, después de lo cual me ubicaría en línea directa con el objetivo.

—Nos avisa cuando esté en posición, jefe –dijo Pantera–, dele derechito que cuando llegue a una reja, verá una casa justo en frente. Ahí adentro encontrará a su cachorra.

—Dios te bendiga, hermano –le dije.

Oscar Pérez se volteó al escucharme y añadió:

—Dios es nuestro escudo.

—Así es –respondí.

Levanté mi AK–103 y me desplacé apuntando hacia adelante, no porque me creyese Rambo (que me lo creía), sino porque la visión nocturna de la bicha era la única manera de ver para dónde iba.

Esta zona no era tan pantanosa, era más fácil desplazarse por ahí. Caminé como un minuto y efectivamente me topé con una reja.

—Estoy en el sitio –dije por la radio.

—Copiado, jefe, vaya abriéndole un hueco a la reja y yo le aviso cuándo entrar. Una vez tenga a la niña se regresa por la misma línea, y yo lo recibo.

Saqué las tenazas y fui partiendo el metal del enrejado. Abrí un hueco lo suficientemente grande como para pasar. Comencé a observar la geografía del lugar con mi mira nocturna, ajustando la visión telescópica. Estaba cerca del lugar en el que había aterrizado con la rusa. A mi derecha estaba la mina de uranio, a mi izquierda la de feldespato, y justo en frente, a unos cincuenta metros, una cabaña en la que veía una luz prendida y un guardia. Tenía en la mira al guardia, y pensé que ese hijo de puta quizá había tocado a mi hija. Sentí una rabia que nunca antes había sentido, y me dejé llevar por ella. Sabía que el rescate que estaba por emprender no lo podría lograr sin odio, hacia él y hacia toda su descendencia.

Voy por ti, maldito. Voy por ti.

Alrededor de la casa y cerca de la mina de feldespato, habían no menos de cien personas entre guardias, mineros, capataces y presos. Parecía imposible penetrar el lugar sin ser acribillado. Pero los nuestros tenían un plan y había que confiar en ellos.

Comencé a escuchar el sonido del dron agarrando vuelo. Después de unos segundos lo vi pasar por encima de mí, a toda velocidad, en dirección a la mina de uranio.

LA TORRE DE FUEGO

Seguí el dron con la mira telescópica, y lo vi detenerse justo arriba del agujero de la mina de uranio. Se quedó inmóvil por unos segundos. Varios guardias comenzaron a reaccionar al ruido de las hélices, señalándolo con alarma. Uno de ellos desenfundó su arma y lo apuntó, pero justo en ese momento, desde el dron, cayeron dos granadas incendiarias.

Me preparé todo lo que pude para el coñazo que venía. Pero nada me podía preparar para lo que que sucedió. Pasaron unos cinco segundos de silencio que supuse eran los que tardaron las granadas en caer hasta el fondo de la mina. Y lo que ocurrió después jamás se olvidará en El Baúl.

Una torre, hermano, de fuego. Como cincuenta metros de candela viajando hacia arriba. Una especie de estallido bíblico, como si el infierno estuviese saliendo desde el centro de la tierra. Parecía una erupción volcánica completamente vertical, con la velocidad y la intensidad de una explosión de fuga de gas.

El calor casi me calcina. El arma se me puso tan caliente que estuve a punto de soltarla. El suelo tembló cual terremoto. La tierra se iluminó como si fuese de día. Y todo el que estaba cerca comenzó a correr en dirección opuesta al fuego.

Rusos, iraníes, venezolanos, un festival de valientes chorreados como nunca antes en sus vidas, corrieron como putas, alejándose de las llamas.

—¡Adelante, Jefe! –dijo Pantera en la radio.

Cogí aire, me persigné, me metí por el hueco de la reja y arranqué a correr a toda velocidad, con el rifle por delante, apuntando hacia la casa en la que, según mis aliados, estaba lo más preciado de mi vida.

Me pasaban soldados de todo tipo por los lados pero nadie me paraba bola. Esa gente lo único que pensaba era en salvarse y se veían tan cagados que parecía que correrían dos kilómetros antes de detenerse a pensar en otra vaina.

Los presos encadenados huían en grupo, sin poder separarse. Algunos se caían y eran arrastrados por la turba. Otros intentaban liberarse y me pareció ver que algunos lo lograban y se fugaban hacia la oscuridad.

Yo seguí desplazándome en dirección a la casa, sin bajar la velocidad. La explosión y el griterío nos habían ensordecido a todos, pero de repente, un silencio se apoderó del lugar…. Sólo quedaron los ruidos de los que corríamos, y como yo era el único que iba en otra dirección, los demás comenzaron a notarme. Entonces arrancaron los tiros:

¡TRACATRACATRACA!….

Una fiesta de disparos de alto calibre rugieron desde un punto desconocido. El pánico se hizo general. La masa estaba atrapada entre el hongo de humo que se iba formando por la explosión y aquello que sonaba como una batalla campal en plena Bagdad.

Me faltaban como treinta metros para llegar a la casa cuando me tropecé y me fui de jeta. Casi me clavo el rifle en el ojo como un bolsa. Pero sin perder el ritmo, molesto conmigo mismo, me puse de pie y seguí corriendo sin mirar atrás.

Estaba a quince metros de la casa cuando vi a uno de los guardias avanzando hacia mí. Supongo que le pareció extraño ver a un hombre con un rifle corriendo en dirección opuesta. Bajó la mano para sacar su arma, pero tardó mucho… Ni siquiera la había tocado cuando yo abrí fuego y le volé el coco.

Detrás de él vinieron dos más y cayeron también como patos. Le agarré el gustico a la vaina y decidí que ante cualquier duda dispararía. Nada ni nadie me iba a detener.

Finalmente llegué a la casa, pero al tratar de abrir la puerta la encontré cerrada con un candado. Me desplacé hacia un lado a ver si había otra entrada, pero nada, era una construcción militar, con una sola puerta y ventanas enrejadas con hierro.

Regresé a la puerta, me ubiqué de lado, apunté al candado, apreté el gatillo y solté una ráfaga… No quedó ni el recuerdo de la cerradura.

Abrí la puerta y entré a un pasillo con un escritorio vacío. No parecía haber nadie pero estaba completamente oscuro, no veía un coño, no era fácil estar seguro de nada. Utilicé la visión nocturna del rifle y seguí avanzando.

Me metí en un cuarto, revisé todos los clósets y sólo encontré unos ganchos de ropa y uniformes militares. No había ningún rastro de ella…

Entré en pánico. Sentí el mismo sabor en la boca que cuando vi la cabeza de mi madre separada de su cuerpo. Mi instinto me decía que iba a pasar por lo mismo otra vez, pero ahora con una niña… y mi instinto tenía tiempo sin equivocarse.

Seguí al siguiente cuarto y vi unas computadoras, unas impresoras, unas sillas, pero nada que se moviera. Entré por un pasillo oscuro y al final vi unas escaleras…

Subí corriendo, brincando escalones de tres en tres. Llegué a una especie de depósito con cerámica de baño blanca, con una puerta de metal en el fondo…

Miré hacia dentro y casi se me sale el corazón cuando vi, bajo la puerta, lo que parecía ser el zapato de una niña.

Pero no se escuchaba nada.

—¡Joanne! –grité y salí corriendo.

El cuarto tendría cinco o seis metros, pero al recorrerlo sentí como si pasaran veinte minutos. Toda mi existencia quedaría definida por la imagen que vería tras esa puerta. Decidí pegarme un tiro si la encontraba sin vida. Era lo mínimo que podía hacer.

Finalmente abrí la puerta… y sólo vi oscuridad. No podía ver nada. La mente me traicionaba y entre las sombras me mostraba imágenes espantosas que me reventaban el alma de dolor. Pero cuando me arrodillé, sentí sus brazos colgándose de mi cuello con todas sus fuerzas. Puse mis manos sobre su cabeza y sentí el calor de su cabello. No hablaba, no emitía sonido alguno, pero no había duda: estaba viva.

—It's okay… It's okay… –le dije y la apreté con desesperación.

Agarré su rostro para mirarla y entender por qué no hablaba, y vi que estaba privada llorando y no le salía la voz. Intenté levantarla y pillé que estaba encadenada a una poceta.

Era una cadena enorme, no había chance de romperla sin un tiro. Pero el tiro podía rebotar para cualquier lado. Era demasiado peligroso.

Cogí aire profundo.

— Papá… –dijo cuando salió del terror total.

—Todo va a estar bien –le dije–, pero tengo que dispararle a la cadena.

—Okey –dijo con firmeza. La carajita era más valiente que yo.

Metí el cañón del rifle en uno de los huecos de la cadena, jalé el resto para prensarla y apunté al agua de la poceta, quién sabe por qué coño…

Sabía que podía pasar cualquier cosa pero había que tomar el riesgo. La miré a los ojos de la manera más calmada posible, gallineteando sin apretar el gatillo. Me daba demasiado miedo equivocarme y terminar matándola con una bala de rebote. Me quedé como pegado tomando la decisión, hasta que ella fue la que me gritó:

—¡Dispara!

Apreté el gatillo…

La bala reventó la cadena…

Reventó la poceta…

Se incrustó en la tubería…

Miré a Joanne.

Estaba bien.

Se levantó…

¡Estaba libre!

—¡Vamonós! –grité y la cargué sobre mis hombros.

Bajé las escaleras corriendo, crucé el pasillo y los dos cuartos, y salimos de la casa.

Afuera se escuchaba una batalla campal. Centenares de balas volaban de un lado al otro, y pequeñas explosiones aún sonaban en la mina.

Joanne gritó llena de terror al ver lo que la rodeaba. Yo corrí con todas mis fuerzas de regreso, hacia la reja por la que había entrado.

El humo del uranio incendiado se había propagado por toda la zona. Era difícil ver, casi imposible respirar.

Joanne comenzó a toser y yo casi me vuelvo loco pensando que se me moría de asfixia.

Corrí con toda mi alma sin respirar, hasta que llegué a la reja y la crucé, e iba arrancar hacia el lugar en el que nos habíamos separado, cuando escuché la voz de Pantera en el lado opuesto:

—¡Por aquí jefe!

Di la vuelta y salí corriendo detrás de él.

—Está comprometido eso por allá, pero vamos a tratar de salir por el río –me dijo.

Comenzamos a atravesar un bosque pantanoso lleno de palmas. Pantera me hizo relevo cargando a la niña por un tramo, y me la devolvió por otro.

Corrimos como por diez minutos, alejándonos de los tiros, alejándonos del humo…

Joanne estaba un poco más calmada y ya respiraba normalmente. Pero no podíamos bajar la velocidad, el plan había cambiado y la ruta de escape no estaba garantizada.

Al final del camino, llegamos a la orilla de un río bastante grande, como de cincuenta metros de ancho…

— ¿Brincamos? –le pregunté a Pantera.

— No, jefe, esa mierda está llena de pirañas.

— ¿Entonces qué?

— Calma que estamos lejos del peo…

— Calma un coño –dije poseído por la adrenalina.

Pantera me ignoró y agarró su radio:

—Estamos en el sitio. ¿Cuál es el 54?

Pero no hubo respuesta.

Miré a Joanne, la pobre tenía los brazos llenos de cortadas que le habían causado las palmas. Pero era tan dura que ni siquiera estaba llorando. Me miraba como si yo fuese Peter Pan y ella Wendy.

—¿Estás bien? –le pregunté por decimoquinta vez.

Me sonrió como diciendo "claro, estoy de lo mejor", y preguntó:

—¿Qué esperamos?

En ese momento escuchamos un motor fuera de borda. Marvila, la mujer maravilla, se acercaba en un peñero. Se la señalé a Joanne y se emocionó.

La tipa metió el peñero hasta la orilla. Yo cargué a mi chama y la monté a bordo. Después ayudé a Pantera a empujar el peñero y, al ponerlo a flote, nos montamos. Marvila le dio la vuelta a la embarcación y comenzamos a ir a toda mierda, a favor de la corriente del río.

—Póngase esto, jefe –dijo Pantera.

Yo pensé que me estaba ofreciendo un salvavidas como el que le dan a uno en los peñeros de Morrocoy. Pero no, era un chaleco similar al de rappel que me había puesto Oscar Pérez en la casa de la rusa. Además me dio otro más pequeño para Joanne. Se lo puse y Pantera nos amarró para que no nos pudiésemos separar.

Hubo un momento de calma, parecía que habíamos logrado el objetivo y habíamos salido airosos. Pero…

¡TRACK TRACK TRACK!

¡Nos comenzaron a disparar!

—¡Al suelo! –gritó Pantera y yo me acosté encima de Joanne para protegerla.

—¡La guardia! –dijo Marvila y Pantera se cagó.

Una lancha mucho más rápida que la de nosotros se acercaba, pero todavía estaba como a quinientos metros. Desde ahí nos estaban disparando.

—¿Dónde estás, príncipe? –preguntó Pantera en la radio y miró al cielo.

La lancha se seguía acercando, me pareció que ya estaba a cuatrocientos metros.

Joanne me miró asustada. Yo miré a Pantera y lo vi blanco de miedo. Marvila estaba enfocada en sacarle la mierda al motor. Pero no parecía posible salir de esta. Con suerte nos agarrarían vivos. Pero lo más probable era que nos mataran y nos tirasen al río.

Miré otra vez hacia la lancha y pensé que ya estaba a trescientos metros.

—¿Y si metes el peñero a la orilla y corremos? – pregunté.

Marvila miró a los lados, evaluando mi propuesta, y eso me llenó de terror; dejaba claro que se habían agotado las opciones planificadas y yo era el nuevo estratega. Nos matarían en la orilla como a unos pajúos.

Abracé a Joanne con resignación, tratando de darle una ilusión de seguridad con la que yo ni soñaba. Ella me miró con esperanza, como si a pesar de toda esta locura, o quizá a raíz de ella, yo fuese su nuevo ídolo. Pensé que por ver esa mirada ya había valido la pena vivir. Pero también pensé que era imposible morir cuando algo tan hermoso estaba naciendo. Alguien tenía que salvarnos.

Entonces…

Lo vimos…

El helicóptero…

Venía por nosotros…

Mucho más rápido que la lancha… Pero la lancha ya estaba a doscientos metros cuando… ¡Volvió a disparar!

Pantera agarró su rifle y comenzó a echar plomo hacia atrás. Las balas de la guardia caían cerca de nosotros, agujereando al agua. Pensé que a lo mejor le darían a una piraña y después pensé que era un maricón por pensar en eso en ese momento.

—¿Papá, qué pasa? –preguntó Joanne, y yo no sabía qué responderle.

—Hay otra adelante –dijo Marvila.

Levanté la mirada y vi las luces de otra lancha, a cien metros frente a nosotros. Nos tenían rodeados. Era el final. Lo habíamos logrado todo menos el escape, y nos iban a freír en aceite de girasol.

Pensé que mi vida, hasta ahora, se había tratado de eso, siempre había estado a punto: a punto de ser rico, a punto de coronar a la jeva de mi vida, a punto de salvar a mi madre, a punto de suicidarme, a punto de rescatar a mi hija… Ese era yo, el carajo que estuvo a punto de lograrlo todo pero nunca logró un coño.

Miré a Joanne con tristeza, como pidiéndole disculpas. Se escuchaban tiros por todos lados, el ruido era una salvajada. Una bala le abrió un hueco a la parte de atrás del peñero y comenzaron a entrar litros de agua.

Pantera se lanzó al piso, para que no le volaran el coco, y se fue arrastrando hasta llegar a nosotros. Marvila también se agachó y se lanzó sobre Pantera. Entre los dos se amarraron entre ellos, y nos amarraron a nosotros a través de los chalecos.

—Agárrela duro, jefe –dijo y yo abracé a Joanne con todo mi cuerpo.

—¿Qué va a pasar? –preguntó ella con inocencia.

Yo estaba por responderle que no sabía pero que confiara en Dios… cuando el helicóptero pasó por encima de nosotros, y sentí un tirón brutal…

Una fuerza bestial nos jaló hacia arriba, a mí y a todos, a Joanne junto a mí, a Pantera junto a Marvila… Volamos por los aires enganchados a una escalera que salía del helicóptero.

Los guardias de las lanchas seguían disparando, pero el ascenso era tan vertiginoso que hacía casi imposible que nos diesen.

—¿Estás bien? –le pregunté a Joanne cuando entendí lo que estaba pasando.

Me miró con la quijada abierta, como quien vive la vaina más arrecha de su vida, y simplemente dijo:

—Esto es lo máximo.

El viento nos sacudía el rostro, nuestros cuerpos estaban entrelazados, no tenía ni idea para dónde íbamos; pero sabía que con este equipo siempre estaría a salvo.

Después de varios minutos, cuando nos habíamos alejado del río, comenzaron a recoger la escalera. Primero subió Marvila, después Pantera, y entre los dos fueron subiéndonos a mí y a Joanne, con mucho cuidado. Finalmente nos montaron en el helicóptero.

Oscar Pérez recibió a mi hija con una de esas sonrisas que sólo sabe dar un padre cariñoso. Ella le sonrió de regreso y le chocó la mano.

—¿Para dónde vamos? –le pregunté a Pantera.

—A una casa aliada, cerca de San Antonio –respondió.

Yo iba con ellos a dónde me llevaran, pero me sorprendió que no nos fuesen a sacar del país.

—Lo ideal sería dejarlos en Colombia –añadió–, pero sería una misión suicida. Usted sabe que Santos juega para los dos equipos.

Así es este peo, hermano, piensa mal y acertarás. No hay rey traidor ni Papa excomulgado.

Después de un rato aterrizamos en una de las montañas que bordean a San Antonio del Táchira.

Esto no había terminado.

LA IGUANA DE CHÉRNOBIL

Nos recibió una humilde tachirense llamada Gioconda Mora, en una pequeña casa desde la cual le vendía chicha a la gente que subía la montaña.

Joanne se bañó con un tobito. Doña Gioconda estuvo muy atenta con ella y le regaló un poncho andino. Cuando se lo puso parecía una niña hippie californiana visitando Machu Pichu. Probó la chicha y le fascinó, pero no quería comer. Nos sentamos en un sofá en la sala, y como al minuto se quedó dormida. Estaba agotada, había vivido tanto en tan poco tiempo. Merecía descansar.

Pantera y Oscar Pérez estaban conversando. Me acerqué a ellos y pregunté:

—¿Cuál es el plan?

—Ahora nosotros arrancamos, jefe. Y usted mañana se va temprano para San Antonio a cruzar la frontera.

Asentí agradecido.

—Listo, hermano, no sé ni cómo agradecerles.

Oscar Pérez me ofreció su mano. Se la estreché y le di un abrazo.

—Usted es un héroe, mi pana –le dije–, hasta hoy lo dudaba pero coño, da un fresquito saber que Venezuela cuenta con un tipo así.

—No se quite crédito, hermano –respondió–. Que los uniformados seamos decentes y valientes debería ser lo normal. Pero que existan civiles dispuestos a arriesgarlo todo como usted, o como ese pueblo que sin armas se ha enfrentado a un narcoestado en la calle, es algo de lo cual Bolívar estaría orgulloso.

—Cuente conmigo para lo que sea –dije agradecido.

—Rece mucho, pues esta lucha es también espiritual. Ahora lo más importante, para usted, es proteger a esa princesa. Y despreocúpese porque estoy seguro de que la próxima vez que nos veamos será en libertad.

Siempre que hablaba, yo esperaba que me dijese que mirase a una esquina y saludase a la cámara indiscreta. Era imposible que fuese real… En un país completamente corrompido, en el que los poderes públicos se los dividen entre el narcotráfico y el terrorismo internacional, en el que varios diputados de oposición se hacen ricos mientras sus socios financieros torturan a sus compañeros de partido, en el que todo el ejército nacional se dedica al crimen… en ese país infernal, era inimaginable que naciera un policía idealista. No podía ser cierto. Nadie lo aceptaría jamás. No merecíamos que fuese real.

Di la vuelta y miré a Pantera. Me dio un abrazo.

—¿Por qué me pusiste un micrófono en el celular? –le pregunté calmado.

Miró al suelo, reflexionando.

—Honestamente, jefe, para protegerlo.

—¿Cómo es eso?

—Cuando me pidieron que lo pinchase se estaba discutiendo eliminarlo, y creí que permitirles que lo monitorearan sería lo mejor para su seguridad. Pensaba que usted no tenía nada que ocultarles. Pensaba que usted era chavista.

Era la primera vez que escuchaba a alguien sugiriendo que yo no era chavista. Me sentí liberado. He pasado tantos años intentando justificarme, defendiendo a Chávez a pesar de todas las evidencias, que era un verdadero honor oír esas palabras. Quizá ese sea el reconocimiento más grande que se le dará en el futuro a gente como yo: Un certificado que diga que uno se ha curado del chavismo. Ojalá algún día todos los que nos beneficiamos del crimen más grande de la historia contemporánea de América, podamos ser perdonados. Si es necesario que nos metan presos, que nos torturen, que paguemos en carne propia lo que hicimos… que así sea. Venezuela merece volvernos mierda y tenemos que aceptarlo. La cagamos y somos culpables. El que diga lo contrario se está haciendo el loco. Y el que no haga todo lo que esté a su alcance para salvar lo que queda de país, nunca merecerá el perdón.

—Hermano –le dije–, usted está en la asamblea constituyente, tiene millones de euros en una piscina… ¿Cómo se llama el equipo en el que usted juega?

Me miró con cariño, se encogió de hombros y respondió:

—Si seguimos esperando por los mariquitos de la oposición, esta vaina se hunde para siempre. Sifrino no mata malandro, y usted sabe mejor que yo que con malandro no hay negociación posible. A los malandros hay que matarlos, tanto en la calle como en el palacio.

Me dio un abrazo, se dio la vuelta y se montó en el helicóptero de Oscar Pérez con Marvila y el resto del equipo. Alzaron vuelo y arrancaron de regreso a su guarida en la insurgencia.

Yo volví al lado de Joanne y la miré durmiendo, arropada en su poncho, con sus risos dorados. Era la primera vez que dormía al lado de su padre. Le agarré la mano con fuerza, como para que nadie me la pudiese arrebatar más nunca, y me quedé dormido.

A la mañana siguiente leí en las noticias que hubo un apagón en todo el país, justo a la hora de la explosión. El gobierno le echaba la culpa a una iguana. Pensé que quizá fue una iguana de Chernóbil que se atravesó por El baúl.

Cuando se despertó Joanne, comimos sendas arepas andinas que nos preparó Doña Gioconda.

—Tengo que llamar a mi mamá –dijo Joanne.

—Apenas lleguemos a Colombia –respondí.

—¿Me puedes explicar qué está pasando? –preguntó con más amabilidad que la que yo merecía.

—Te puedo decir que estás en mi país, y mi país es complicado.

—Dime qué pasa, Papá.

No había espacio para rodeos. Era mi primera prueba como padre: o decía la verdad o se acababa todo.

—Hay gente que me quiere hacer daño –dije–, y pensó que la mejor manera de herirme era ponerte en riesgo a ti.

—¿Qué gente?

—La gente que gobierna mi país.

—Sólo los ladrones huyen de la policía.

—Los que te rescataron también son policías.

Se puso pensativa.

—¿Hay policías buenos y malos? –preguntó.

—En este país casi todos son malos, pero sí, hay algunos buenos. Y tuvimos la suerte de contar con ellos.

—¿Cómo se puede vivir en un país en el que los malos están en el gobierno? –preguntó.

Era una pregunta tan sencilla que no pude maquillar mi respuesta:

—No se puede.

Me miró con lástima… y suspiró por mi país. Se terminó la arepa y se tomó otra chicha.

—Entonces mejor nos vamos –dijo.

—Mejor –le sonreí.

Doña Gioconda nos regaló otro poncho y una gorra de lana. Le dimos un fuerte abrazo y doscientos dólares como despedida. El dólar ya había pasado largo de cien mil bolívares, valía el doble que cuando salí de la cárcel hace un par de semanas. El salario mínimo estaba en noventa mil. Es decir, había que trabajar un mes para ganar menos de un dólar. Doña Gioconda tenía que vender como un millón de chichas para ganar los dos billetes que le di.

Joanne y yo comenzamos a caminar montaña abajo, rumbo a San Antonio del Táchira. El plan era pasar de incógnito, como dos andinos, por el puente Simón Bolívar hacia Colombia.

San Antonio se veía hermosa desde arriba. Pero la bajada montañosa era difícil, y Joanne me agarró la mano para sostenerse.

—¿Por qué puedes entrar y salir de la cárcel? –preguntó.

Tenía que inventar una narrativa que le permitiese aceptar la realidad, sin convertir esto en un peo enorme que llegase a oídos de Scarlet y me devolviese a la prisión.

—Salgo a veces, porque el Gobierno de los Estados Unidos me necesita.

Me miró sorprendida.

—¿Y a veces no?

—Todavía tengo de pasar cierto tiempo en la cárcel, pero cada vez menos. Y espero que pronto me liberen completamente.

La convenció mi respuesta.

—¿Y entonces vivirás con nosotras?

—Eso depende de tu mamá.

—Mi mamá y yo somos dos, y yo digo que sí. ¿Por qué tiene que decidir ella?

—Porque ella es tu mamá, y tienes que respetarla.

Me miró feo.

—Todo se trata de ustedes –dijo molesta.

La observé preocupado.

—¿A qué te refieres?

—Desde bebé me dijeron que mi papá se murió. De repente te vi en Amsterdam, y no sé por qué le pedí a mi mamá que me contase cómo fue tu muerte. Se puso a llorar y me confesó que mintió, que tú no habías muerto. Te fuimos a visitar y entendí que tú eras el de Amsterdam, y lo primero que me pediste fue que mintiera… Te hice caso y aquí estoy, todavía no sé qué es verdad. Sé que estaba con mi mamá durmiendo en México y me desperté en un camioneta con un tipo que me montó en un avión, del avión me pasaron a un carro y después me encadenaron a una poceta… Luego apareciste tú como si fueses Spiderman, y cuando te pregunto algo me dices que todo depende de mi mamá porque ella es mi mamá y yo no importo nada…

Se le aguaron los ojos de rabia y me partió el corazón. La niña tenía razón, lo que la habíamos era caído a un mojón tras otro, en parte porque entre nosotros también nos vivíamos cayendo a coba.

—Te prometo que te voy a llevar a donde tu mamá y no te vamos a mentir más nunca.

—¿Por qué no la puedes llamar ahora mismo?

—Porque no tengo teléfono y tú tampoco.

Bajó los ojos hacia el suelo sin saber qué más decir. Yo me detuve, la miré y supliqué:

—Perdóname, Joanne. Nada de esto debió haber pasado. Pero estamos cerca de que se acabe, lo único que te pido es que aguantes un poco más. Confía en mí y estaremos hablando con tu mamá en un par de horas.

Me miró y me mostró el meñique.

—¿Pinkie promise? –preguntó.

Yo no tenía idea de qué era eso.

—¿Disculpa?

Me volteó los ojos, y me agarró el dedo meñique con el suyo.

—Cuando haces una promesa con el meñique no la puedes romper.

Apreté su meñique y sonreí:

—Ok, lo prometo.

Arrugó los ojos a modo de amenaza infantil. La carajita no era fácil, pero me tenía derretido. Se volteó y siguió caminando montaña abajo, como si estuviese tomando el mando de la excursión.

EL ÉXODO

Llegamos a San Antonio, un pueblo grande que se cree ciudad. Pensé que era buena señal que nadie se nos quedaba mirando, pero igual me dio caga preguntar hacia dónde estaba el puente. Caminamos en la dirección en la que supuse estaba Colombia.

Después de unas diez cuadras cambió el paisaje, alrededor seguía siendo un caserío, pero a medida que avanzábamos las calles tenían más gente. Y no hablo de gente local, hablo de personas arrastrando equipaje, bolsos, maletas, viajeros que parecían transitar por un aeropuerto.

Comencé a estudiarlos, había venezolanos de todo tipo: desde chamos de El Cafetal, como yo, hasta familias enteras, con niños, abuelos, enfermos…

Pasados unos minutos casi no se podía caminar por la acera debido a la cantidad de gente. Estábamos todavía a tres cuadras del puente, y había miles de personas alrededor.

—¿Para dónde va tanta gente? –preguntó Joanne.

—Para Colombia, como nosotros.

La niña nunca había visto nada parecido, y la verdad es que yo tampoco. Había decenas de desnutridos, personas decentes que trabajaban duro y que hasta hace muy poco tenían una vida digna.

—Tengo sed –dijo Joanne.

Entramos a un abasto y le compré una chicha, su nueva bebida preferida. En la entrada había una escalera y desde ahí me asomé a ver cuál era la situación alrededor del puente: Decenas de miles de personas estaban apiñadas frente al cruce fronterizo. Venezolanos de todas las clases sociales, de todos los tipos. Muchísima gente llorando, deshidratados, trasnochados.

Agarré a Joanne de la mano y seguimos avanzando. La monté sobre mis hombros para que no la pisaran y así entramos al puente. Había tensión, la mayoría no era amable. Se sentía un ambiente de desesperación, de todos contra todos, como si llegar a la meta dependiese de la derrota del prójimo.

Mientras más avanzábamos, menos espacio había. Nos rodeaban cientos de desdentados, gente verdaderamente humilde que hasta hace unos años lloraba de emoción al ver a Chávez. Ahora escapaban muertos de hambre, enfermos, sin esperanza, pagando el fracaso de la revolución. Eran las víctimas principales de un robo histórico, los olvidados, el pueblo llano que siempre lleva la peor parte en el colapso de una nación. Pero a mí no me engañaban, ellos también eran culpables. Yo habré guisado pero casi todos ellos votaron por el tipo, una y mil veces. Se cagaron en los demás porque les gustaba la mantequilla, y con la ilusión de asistencia social de las misiones pensaron que tenían suficiente. Ahora se la calan. Pasen hambre mamaguevos, eligieron este infierno. Y se tendrán que calar que los traten como una mierda en toda América Latina, entre otras cosas porque ustedes son una mierda, el pueblo más ignorante de la tierra, el más conejeado, el que aceptó que una banda de maleantes se tumbe cuatrocientos mil millones de dólares en nombre de los pobres. Yo moriré por amoral pero ustedes morirán porque decidieron que todo el país lo fuera. Nunca nos dieron opción, se robaba con la revolución o se emigraba. Fueron millones los chamos clase media que quisieron ser honestos, y no pudieron ganarse el pan porque ustedes seguían imponiendo al hampa con su voto. Malditos refugiados, coman mierda, vendan su cuerpo y el de sus hijas, aguanten su humillación, paguen la rabia con la que se quisieron vengar de la gente que le echaba bola. Ustedes también mataron a mi padre.

—A los chavistas no los deberían dejar salir –dijo un chamo que parecía de Valencia.

—Eso es cierto –contesto una doña que se veía que era chavista.

Más nadie dijo nada. No había nada que decir. Cargábamos la cruz a cuestas y jadeábamos juntos. Sin duda habría inocentes, pero sí, se tendrían que joder como la mayoría. Así funciona la democracia. Venezuela se suicidó por decisión popular.

Cuando por fin entramos al puente, calculé veinte mil personas frente a nosotros. La vaina se movía cada vez más lento. La primera alcabala de la guardia estaba como a cincuenta metros, la frontera como a cien.

Se escuchó un ruido desde adelante, una especie de murmullo colectivo de indignación. La gente se fue apilando sin poder moverse. Alguna información comenzó a viajar hacia atrás, causando desesperación. Los que estaban pegados al paso fronterizo comenzaron a retroceder. Se generó una confusión total.

El primer grupo de los que se devolvían cruzó al lado de nosotros:

—Trancaron el paso –anunció uno.

—¿Por qué? –preguntaron varios.

—Dicen que Oscar Pérez y su gente vienen de salida y que toda la frontera está cerrada hasta nuevo aviso.

Pinga de mono. Lo último que imaginé fue que yo mismo estaba causando el revuelo. ¡Había un operativo para capturarme!

—¿Qué pasa? –preguntó Joanne.

—Cerraron la frontera –le dije–, tenemos que ir para atrás.

La carajita estaba completamente confundida. Había pasado toda su vida en Amsterdam, el lugar más civilizado de la historia de la civilización. Era imposible que entendiese nuestro planeta de los simios.

Los de adelante comenzaron a empujar la barricada de los guardias. Traté de devolverme pero había demasiada gente detrás de nosotros.

Se armó un griterío, y el gentío comenzó empujar hacia Colombia, tratando de embestir a los guardias para abrir la frontera a la fuerza.

Los guardias se pusieron máscaras anti gas, y a los pocos segundos arrancaron a lanzar bombas lacrimógenas. A medida que caían las bombas la gente las recogía del piso y las lanzaba de regreso, pero en cuestión de segundos, el gas comenzó a cubrir el puente.

Le dije a Joanne que se tapara la boca con la camisa y me puse a empujar hacia atrás, tratando de salir del puente. Pero cuando el gas nos cubrió, comenzó una estampida.

Veinte mil personas arrancaron a correr desesperadas, tosiendo, vomitando, y… ¡nos tumbaron al piso!

Traté de cubrir a Joanne con mi cuerpo pero varias personas nos pasaron por encima. Vi cómo un pie le pisaba la cara y casi me vuelvo loco. La arrechera me llenó de fuerza y logré pararme y me puse a la lanzarle coñazos a los que venían en nuestra dirección.

Un magallanero me metió una mano en la boca del estómago y me sacó el poco aire que me había dejado el gas lacrimógeno.

Me agaché y vi a Joanne llorando y vomitando chicha por culpa del gas. La levanté y comencé a correr hacia afuera.

A nuestro lado había varias tánganas, pero también grupos que ayudaban a los demás. Como yo tenía una niña en hombros, un par de tipos decentes me abrieron paso.

Unos estudiantes encapuchados entraron al puente y comenzaron a tirarles piedras a los guardias. Eso aumentó el bombardeo de gas lacrimógeno y la confusión colectiva.

Cuando logré salir del puente, otro contingente de estudiantes estaba entrando con bombas molotov y escudos de madera. Apenas los vieron, los guardias comenzaron a disparar perdigonazos.

Aumentó la locura. Las salvas sonaron como plomo verdadero y la gente entró en pánico. En cuestión de segundos se veían decenas de heridos por todos lados. La desesperación era absoluta. La mayoría había viajado por varios días para escapar del país, y ahora que estaban a un paso de ser libres, se les prohibía, incluso, escapar.

El puente se convirtió en un embudo… El gentío salía como de una olla de presión. El desastre se dispersó por todo el pueblo. Las santamarías comenzaron a cerrarse una tras otra.

Un grupo de guardias arrancó a repartir peinillazos, pero eran minoría absoluta, y la gente comenzó a rodearlos para lincharlos. Un paco echó unos tiros al aire, la turba se apartó y los guardias salieron corriendo a esconderse en la estación.

Yo me alejé todo lo que pude, con Joanne. Cuando estábamos como a cien metros del puente logramos respirar con más calma. La pobre niña seguía tosiendo y tenía los ojos rojos. Yo no sabía ni qué decirle, claramente no tenía control de la situación. Me daba una impotencia muy arrecha, ser humillado de esta manera frente a mi hija. No había chance de darle el más mínimo sentido de protección.

—This is crazy –dijo Joanne y todo el mundo volteó a ver quién coño hablaba inglés.

Me hice el guevón y me alejé del puente un poco más. Me acerqué a su oído y le susurré que mejor no hablara, para no llamar la atención. Pero ya era muy tarde. A los dos minutos, veinte metros más adelante, se me acercó un gestor hablando en inglés machucado. Eran un chamo de diecisiete años, trigueño, posiblemente colombiano.

—I can help you pass through the trocha –dijo con serenidad casi mesiánica, como si no existiese otra salvación posible en todo el mundo.

KATY PERRY Y LAS FARC

Le dije que no hacía falta que me hablara en inglés.

—¿De dónde nos visita, catire? –preguntó.

—De Caracas.

—¿Pero la niña es gringa?

—No –mentí–, es venezolana.

—Pues le anticipo que el asunto es serio y no creo que abran la frontera hasta la semana que viene.

Lo miré, tenía cara de crimen pero no tanto. Yo posiblemente sabía mejor que él lo serio que era el asunto y estaba claro que no exageraba. Era imposible que abrieran la frontera, al menos en los próximos días.

—Cuéntame cómo es la vaina.

—Quinientos dólares por cabeza y los pasamos en media hora.

"Por cabeza…" Por qué tenía que usar ese lenguaje junto ahora. Entiendo que no todo el mundo ha visto a su mamá decapitada pero coño, un poco de delicadeza.

Lo miré con cara de que me parecía demasiado.

—Quinientos es burda.

—Quinientos no es nada, catire, en un día normal a un caraqueño como tú la guardia le quita al menos dos cincuenta, y eso después de las dieciocho horas que pasas cogiendo sol.

Joanne me miró con desesperación. No entendía los detalles pero captó que el chamo nos estaba ofreciendo ayuda.

—¿Por dónde sería? –pregunté.

—Por las trochas, usted no se preocupe.

—¿Y por ahí no hay guardias?

—Para nada, muñeco, los guardias sólo cubren el puente. Desde hace años que todo el Táchira es de las FARC.

Las FARC, mi brother, presentadas como una opción que da más confianza que la Guardia Nacional Bolivariana.

—Frank –se presentó el chamo y me ofreció la mano.

Se la estreché y pregunté:

—¿Y las FARC no cobran peaje?

Frank sonrió.

—Usted no se preocupe por eso –dijo –, va incluido en la tarifa.

Era una decisión difícil. Poner mi vida y la de mi niña en manos de las FARC parecía una locura, pero cada minuto que pasáramos en Venezuela aumentaba nuestro riesgo. Quizá era mejor malo por conocer que pésimo conocido.

—¿Cómo sé que las FARC no me van a secuestrar? –pregunté.

Frank me miró con ironía.

—Con mi completo respeto, catire, bonito y todo pero si valiese la pena secuestrarlo, usted no estaría aquí pasando roncha.

Me hizo reír el coño de su madre.

Joanne me pidió que me agachara para hablarme en secreto. Se puso la mano entre su boca y mi oído y susurró:

—Si te está ofreciendo otra ruta, deberíamos hacerle caso.

Sus ojos me suplicaban que la sacase de ahí. Era mi primera gran decisión de padre: las FARC o la Guardia Nacional Bolivariana, dos de las organizaciones criminales más sangrientas del planeta. Si bien ideológicamente eran lo mismo, se dedicaban a lo mismo y sus cabecillas eran prácticamente los mismos; a diferencia de las FARC, los guardias me estaban buscando, y era poco probable que en eso estuviesen coordinados con la guerrilla colombiana.

—Cuatrocientos y le damos –le dije.

—La niña habla inglés, catire, quinientos por cabeza mínimo.

—Dale pues.

Se dio la vuelta y arrancó en dirección contraria al gentío. Yo me volví a montar a Joanne en los hombros y lo seguí.

Caminamos unos treinta metros y nos adentramos en los matorrales. Me las tenía que arreglar para tener los mil dólares listos, porque si veían que tenía más, fijo me los tumbaban. Pero sacar mi cartera con dólares cerca del puente era un peligro. Había que aguantarse y pillar el momento correcto.

—Quiero caminar –dijo Joanne y la bajé al suelo.

La chama en Amsterdam montaba bicicleta todo el día, estaba en mejor forma que yo. Le aguantó el paso a Frank sin problema. Pero después de un rato me dijo que quería mear.

Me entró pánico, ¿cómo se hace esa vaina? Yo nunca había tenido hija, ni cuca, jamás he comprendido cómo se mea sin paloma ni de dónde sale el meado de las mujeres.

Le dije a Frank que la niña necesitaba orinar. Fue muy respetuoso y me señaló unos arbustos y se alejó. La niña se bajó el pantalón y le echó bola con experticia, estaba bien entrenada. Además aproveché el momento para sacar los mil dólares en cash, me los puse en el bolsillo, y de paso separé todas las tarjeta de crédito en todos los bolsillos que tenía.

Seguimos caminando hasta que nos encontramos a un guerrillero encapuchado uniformado en verde oliva. Detrás de él había un Jeep con dos abordo, escuchando Katty Perry: "I kissed a girl and I liked it". Me pareció incorrecto que mi hija estuviese escuchando esas cosas. Pero pensé que no era el momento para preocuparme por su formación moral.

—No es gringo –le dijo Frank–, pero lleva los mil.

El guerrillero me miró a través de su capucha.

—Deme pues.

Saqué los billetes del bolsillo y se los di. Los contó.

—Para ver la cartera –dijo.

Miré a Frank pero Frank miró a otro lado, como si el peo no fuese con él.

Joanne se asustó.

No había opción. Saqué la cartera y el guerrillero me la arrebató. Tendría unos ocho mil más en efectivo. El tipo los agarró y se los metió en el bolsillo, como si nada, y comenzó a ver mi identificación.

—¿Y usted quién es? –preguntó.

—Un ciudadano como cualquier otro, hermano –dije–, tengo que ir a Colombia con mi hija y cerraron la frontera.

Me miró con sospecha:

—¿Y por qué no agarra un avión?

—Porque vivo en San Cristobal y voy a Cúcuta. No tendría sentido.

Me observó y se volteó a ver a sus colegas del Jeep. Ellos copiaron el alerta y le bajaron el volumen a Katy Perry.

El guerrillero volvió a mirarme, se quedó en silencio por unos segundos, como estudiándome.

—¿Usted me cree mongólico o se dedica a dar papaya?

Sudé frío, no entendía qué había hecho mal, pero estaba claro que el beta iba en negativo.

—Ninguna de las dos, jefe –dije.

—Deme los papeles de la niña.

Tragué hondo… y me disculpé:

—No los tengo conmigo.

El guerrillero inclinó su cabeza hacia un lado, sorprendido:

—¿Y eso como por qué?

—La niña los perdió, y para sacarlos en Venezuela tardan burda. Yo lo que voy es a Cúcuta por una semana.

Sonrió a través de la capucha, como si saboreara lo impensable.

—Esa niña no es hija suya, ¿cierto?

—Sí lo es, jefe.

—No me diga jefe que yo no trabajo con pedofilia.

Casi me muero de la arrechera, pero había que controlarse. Agradecí a Dios que Joanne no entendió.

—¿Cómo va a decir eso? –pregunté indignado.

—Sepa que aquí no colaboramos con depravados.

—Me parece muy bien, pero ella es mi hija.

Me salió del alma y se me quebró la voz al decirlo. Pero el tipo interpretó mi emoción al revés y le pareció sospechosa, quizá porque un padre normal no sería tan emocional al decir algo tan sencillo.

—¿Ya va a llorar? –dijo con una vocecita burlona.

Yo no sabía cómo actuar, no sabía ser padre.

El guerrillero miró a Joanne y yo lo estudié a ver si había manera de desarmarlo y pegarle un tiro. Pero uno de los del Jeep pareció leerme la mente y comenzó a caminar hacia nosotros.

El que nos interrogaba se agachó y la miró a los ojos. Joanne le devolvió la mirada sin miedo, desafiante.

—¿Usted es hija de él, mi amor?

Joanne lo estudió y yo le reclamé a Dios por haberme separado de ella todos estos años, pues de estar juntos sin duda le hubiese enseñado español. Probablemente nunca había escuchado a nadie hablar en mi idioma, conmigo siempre había hablado en inglés y en Amsterdam no habían muchos latinos.

Era la hora de la verdad, una sola palabra equivocada de la niña, en inglés, y se prenderían todas las alarmas. En el mejor de los casos me castigaban por pedófilo y la secuestraban por gringa. En el peor de los casos… No quise ni imaginar cuál era el peor…

Pero Joanne era una Jedi, y no sé cómo coño, dijo en perfecto español:

—Sí, es mi papá –y se abrazó a mi cintura con cariño.

Yo apreté el culo y le di gracias al Cristo de la Grita.

El guerrillero le sonrió, y se puso de pie.

En eso llegó el otro, el fan de Katty Perry, y se puso a revisar mi pasaporte, página por página, como si fuese un agente de inteligencia.

Finalmente llegó al sello de la Federación Rusa.

—¿Qué hacía usted en Rusia? –preguntó con una voz mucho más grave.

Lo miré con amabilidad, el valor de Joanne Planchard me había dejado inspirado.

—Comprándole armas a ustedes, entre otras cosas –dije con suavidad.

El guerrillero me estudió sin mostrar emoción.

—Y qué… ¿Me las vino a cobrar? –preguntó.

Sonreí con camaradería.

— Hermano –dije.

—¿Hermano? –respondió como ofendido.

—Sí, hermano. Somos hermanos aunque nos pongan fronteras.

—Yo no soy nada de ningún veneco.

—Como quiera, hermano.

—¿Hermano?

—Está bien, primo, socio, vecino, compañero de armas, camarada, la niña está asustada y no hace falta ponerla peor…

—Usted iba bien –interrumpió.

Yo cogí aire y me preparé para el final. Hasta Frank se cagó y pensó que me iban a fusilar. El guerrillero miró a los lados y después me observó con seriedad:

—Pero ahora va mejor –añadió.

Me devolvió la cartera y los documentos.

—Gracias –respondí, y me moví como para avanzar… pero me detuvo.

—Una cosa más…

Me miró lentamente, y temí que todo había sido un juego psicológico, y ahora era que venía el coñazo. Pero finalmente dijo pausado:

—Si le preguntan, diga que por la frontera lo pasaron Los Rastrojos.

Afirmé con la cabeza, chorreado.

—Perfecto, no hay problema –dije.

—Dele rápido que el río está bajo y cuando sube me arrepiento.

Nos señaló la ruta y seguimos a Frank por el camino indicado, en silencio.

Yo miré a Joanne con alivio y con orgullo. Ella me sonrió y me picó el ojo de manera exagerada, como una comiquita. Era una dulzura y hacíamos el equipo perfecto.

A los minutos llegamos al río. Estaba bajo pero el agua nos llegaba a mí y a Frank hasta a la cintura.

Me monté a Joanne otra vez sobre los hombros y comencé a cruzar.

No era un trecho tan largo, lo impresionante en realidad era lo corto y lo fácil que era de cruzar. Dos países idénticos separados por la nada, uno muriéndose de hambre y el otro ahí, pasivo, recibiendo refugiados a cambio de que se lleven a sus guerrilleros. Una traición bolivariana firmada en La Habana y premiada en Oslo con el Nobel de la Paz.

Las aguas del río me despedían una vez más de la tierra que me vio nacer. Yo era uno de los más buscados en Venezuela, y eso me hacía inútil para la CIA. Sin embargo, le había volado una mina de uranio a los iraníes y a los rusos, y quizá eso serviría para algo en el futuro.

Pero nada de eso importaba ya... Lo que tenía valor ahora, era que Joanne estaba bien, sana y salva, junto a su padre...

ANDRÉS CARNE DE RES

Al llegar a Cúcuta lo primero que hice fue comprar un celular. Luego alquilé un carro y arrancamos para Bogotá. Entonces Joanne llamó por video chat a su mamá.

Scarlet estaba tirada en el piso de su habitación de hotel en Cabo San Lucas, tras días de llanto en los que la policía local decía estar siguiendo pistas de la niña. Yo no vi su rostro cuando atendió el teléfono, pero escuché su grito de alegría al ver a Joanne:

—¡¿Dónde estás?!

—En Colombia –respondió Joanne.

—¿Qué? ¿Con quién? ¿Estás bien?

—Estoy bien mamá, no te preocupes.

—¿Cómo es eso? ¿Quién está contigo?

—Mi papá es un héroe, mami. Un héroe como en las películas.

—¿Estás con tu papá?

Joanne volteó el teléfono y me mostró manejando.

—Hola Scarlet –dije sabiendo que lo que venía era fuerte.

—¿Tú te la llevaste?

—¡No! –grité, y Joanne giró el teléfono hacia ella.

—¿Qué haces tú allá? ¡Te voy a matar! –siguió gritando Scarlet.

—No, mamá, me secuestraron en México y me llevaron a Venezuela. Mi papá me salvó.

—¿Pero te hicieron daño?

—Estoy bien, mamá. Deja el drama y ven a buscarme.

—Voy inmediatamente. Pero pásame a tu papá.

Joanne apuntó el celular hacia mí.

—¿Me puedes explicar qué coño está pasando? –preguntó Scarlet.

—Lo que te dijo Joanne. Perdóname… por culpa mía se metió en problemas. Afortunadamente la salvamos y ahora vamos a Bogotá a esperarte.

—¿Pero tú no estás preso en California?

—No me lo vas a creer pero… la CIA me sacó para una misión especial en Venezuela.

—No puede ser…

—Tú sabes que nadie conoce Venezuela como yo.

—Después me explicas… Me traje el avión para acá, así que voy saliendo.

La muy puta tenía avión privado, con mi dinero. ¡Pero cómo la amaba!

—Desde Cabo deben ser como seis o siete horas de vuelo –le dije–, a nosotros nos toma como diez llegar a Bogotá. Si quieres nos vemos en la noche en Andrés Carne de Res.

—¿Eso qué es?

—Es un restaurante de carne, en las afueras. Te lo mando por texto. Te va a gustar.

—Okey.

—Pero no le digas nada a nadie, por favor. No quiero que los gringos sepan dónde estoy.

—¿Estás fugado?

—No… Pero es complicado, aquí te explico.

—Pásame a mi hija.

Joanne movió el celular hacia su rostro.

—¿De verdad estás bien, Joanne?

Joanne la miró fijamente con una sonrisa:

—Mamá, han sido las mejores veinticuatro horas de mi vida.

Se me arrugó la garganta y no aguanté, rompí a llorar.

Joanne se dio cuenta y me filmó…

—Okey –dijo–, están los dos llorando como niñas, cuando aquí la única niña soy yo.

Nos cagamos de la risa, los tres. Scarlet y yo compartimos carcajadas de llanto, como locos. Era también el mejor día de mi vida.

El viaje a Bogotá fue una belleza. La travesía era larga y fría, pero llena de paisajes andinos preciosos por todos lados. Joanne me fue contando toda su vida, me habló de cómo le gustaban el melón y los croissants, explicó que prefería a Moana que a Elsa la de Frozen, porque Elsa era blanca y había que combatir el racismo sistemático, pero que su muñeca favorita era Betty Boop porque "tenía más edge". Me enumeró a sus amigas del colegio, y narró con rabia la historia de una tarde en la que le robaron su bicicleta en plena estación central de Amsterdam.

Le pregunté cómo había sabido responderle al Guerrillero y me dijo:

—Desde chiquita mi mamá me metió en clases de español. Yo nunca entendí por qué, pero siempre me dijo que era muy importante.

No era tan rata la Scarlet, después de todo. Había preparado a mi hija toda su vida para este momento.

Llegamos a eso de las diez de la noche a Andrés Carne de Res, un restaurante en las afueras de Bogotá, lleno luces psicodélicas y música a todo volumen. No sé por qué cité a Scarlet ahí, supongo que mi instinto fue recordarle lo bien que la pasábamos juntos en lugares extraños.

Cuando llegamos, Scarlet estaba en el estacionamiento esperando. Joanne salió del carro corriendo, Scarlet también corrió hacia ella. Estábamos en la mitad de la nada, con ese delicado frío andino que convierte la respiración en vapor. Todos habíamos recorrido tanto para llegar hasta ahí. Era un encuentro tan improbable, tan inimaginable.

Se abrazaron a unos metros de mí. Scarlet la cargó y la cubrió de besos. Lloró otra vez y la apretó con fuerza, mirándola como quien mira un milagro. Sentí culpa pero también sentí ese peso, el peso del destino que cada día nos demuestra que no somos más que pasajeros en un viaje misterioso, a veces doloroso, pero siempre coherente y dispuesto a que se aprenda de él. La vida no pide permiso para enseñar.

Scarlet se me acercó, llena de dudas, deseando descargar sobre mí la rabia que había acumulado durante el horror que acababa de vivir.

—Me debes muchas explicaciones –dijo con seriedad.

Yo me encogí de hombros, con humildad... Parte de mí quería disculparse, pero estaba tan contento, tan agradecido por ese primer momento en el compartía mi libertad con los únicos seres queridos que me quedaban en la tierra; que sólo pude sonreír:

—Tú también me debes unas cuantas –respondí.

Era indudable... No había nada que yo pudiese hacerle que se comparase al tamaño de su traición. Y sin embargo yo estaba ahí, como siempre, dispuesto a perdonarla y a darlo todo por compartir mi vida con ella.

Intentó mantener la seriedad todo lo que pudo, pero se le asomó una pequeña sonrisa...

—Supongo que tienes razón –dijo.

Y sin perder otro instante, la besé con la pasión desenfrenada que llevaba amarrada a mi alma desde la primera vez que la vi.

Joanne brincó y celebró con alegría. Corrió hacia nosotros, nos abrazó y gritó:

—¡Sandwich familiar!

Se le salían las lágrimas. Por fin tenía padre y madre. Por fin había unido a su familia.

LA PALOMA ROSTIZADA

Pasamos la noche en un hotel bajo perfil en las afueras de Bogotá. Fue tremendo ejercicio de autocontrol para mí y para Scarlet, pues al estar con la chama, no podíamos tirar. En parte lo agradecí porque todavía tenía la paloma rostizada, y si la gringa la veía en ese estado se me podía asustar.

Al día siguiente nos fuimos al aeropuerto, bien temprano. No les voy a decir hacia dónde decidimos irnos porque ustedes son muy sapos y a mí me andan buscando los iraníes, los rusos, los chavistas, los opositores, y hasta los gringos.

Pero sí les cuento que antes de montarme miré alrededor, y pensé que quizá sería la última vez que vería el cielo latinoamericano.

Respiré profundo, agarré el celular e hice la última llamada necesaria:

—Pantera –dije al escuchar su voz.

—¿Cómo está jefe? ¿Dónde anda?

—Estoy bien mi pana, fuera de Venezuela.

—Gracias a Dios.

—Necesito que me ayudes con algo…

—En lo que pueda.

—¿Te acuerdas de la Goldigger?

—Claro.

—Llámala por fa, y dile que me mataron en un enfrentamiento en Valle Hondo.

—¿Así mismo?

—Así mismo, hermano. Voy a desaparecer.

—Pues así lo haré, jefe, que le vaya muy bien. Y que Dios lo bendiga.

—A ti también mi bro. Cuídate mucho. Y gracias por todo.

Colgué y sentí que cerraba el capítulo más doloroso de mi vida. Respiré profundo como para no olvidar jamás ese momento, y entré al avión.

Scarlet vestía una braga Versace negra con mangas de colores y estaba recostada comiendo empanadas colombianas. Joanne tenía unos jeans Valentino y una chaqueta Prada que Scarlet le había traído desde México. Estaba pegada a su iPad viendo a la Doctora McStuffins en holandés. La nave era un Gulfstream 5 que llegaba a cualquier parte del mundo.

Y yo… con mi hija, con mi culo y nuestro avión, fugitivos todos pero en libertad eterna; era el carajo más feliz de la tierra.

NOTA DEL COMPILADOR

Lo que sigue es la transcripción de los mensajes de Whassup intercambiados entre Pantera y la señora Goldigger.

PANTERA
Doctora

GOLDIGGER
Hola...

PANTERA
Juan me dijo que le diga que está muerto.

GOLDIGGER
El coño de su madre. ¿Y te dijo dónde anda?

PANTERA
Negativo...

GOLDIGGER
Ayer desactivó el chip, el hijo de puta.

PANTERA
¿Cuál chip?

GOLDIGGER
El del culo.

PANTERA

No sabía que Juan era de ustedes... Me hubiese dicho antes y lo hubiese ayudado de otra manera.

GOLDIGGER
Si te cuento todos los que son,
te mato de angustia.

PANTERA
No lo dudo.

GOLDIGGER
Gracias por avisar.

PANTERA
¿Qué le digo si me vuelve a contactar?

GOLDIGGER
Dile que Leopoldo quiere hablar con él.

Continuará…

Made in the USA
Middletown, DE
17 July 2020